La Princesse de Clèves

MADAME DE LAFAYETTE

La Princesse de Clèves

ILLUSTRÉE PAR

CHRISTIAN LACROIX

GALLIMARD

Les œuvres ici reproduites sont des créations originales de Monsieur Christian Lacroix pour cette édition.

LE LIBRAIRE AU LECTEUR

Quelque approbation qu'ait eue cette Histoire dans les lectures qu'on en a faites, l'Auteur n'a pu se résoudre à se déclarer ; il a craint que son nom ne diminuât le succès de son Livre. Il sait par expérience, que l'on condamne quelquefois les Ouvrages sur la médiocre opinion qu'on a de l'Auteur, et il sait aussi que la réputation de l'Auteur donne souvent du prix aux Ouvrages. Il demeure donc dans l'obscurité où il est, pour laisser les jugements plus libres et plus équitables, et il se montrera néanmoins si cette Histoire est aussi agréable au Public que je l'espère.

La magnificence et la galanterie n'ont jamais paru en France avec tant d'éclat, que dans les dernières années du règne de Henri second. Ce Prince était galant, bien fait, et amoureux, quoique sa passion pour Diane de Poitiers, duchesse de Valentinois, eût commencé il y avait plus de vingt ans, elle n'en était pas moins violente, et il n'en donnait pas des témoignages moins éclatants.

Comme il réussissait admirablement dans tous les exercices du corps, il en faisait une de ses plus grandes occupations. C'était tous les jours des parties de chasse et de paume, des ballets, des courses de bagues, ou de semblables divertissements ; les couleurs et les chiffres de Mme de Valentinois paraissaient partout, et elle paraissait elle-même avec tous les ajustements que pouvait avoir Mlle de La Marck, sa petite-fille, qui était alors à marier.

La présence de la Reine autorisait la sienne : cette princesse était belle, quoiqu'elle eût passé la première jeunesse ; elle aimait la grandeur, la magnificence, et les plaisirs. Le Roi l'avait épousée lorsqu'il était encore duc d'Orléans, et qu'il avait pour aîné le Dauphin, qui mourut à Tournon ; prince, que sa naissance et ses grandes qualités destinaient à remplir dignement la place du roi François premier, son père.

L'humeur ambitieuse de la Reine lui faisait trouver une grande douceur à régner ; il semblait qu'elle souffrît sans peine l'attachement du Roi pour la duchesse de Valentinois, et elle n'en témoignait aucune jalousie ; mais elle avait une si profonde dissimulation, qu'il était difficile de juger de ses sentiments, et la politique l'obligeait d'approcher cette Duchesse de sa personne, afin d'en approcher aussi le Roi. Ce Prince aimait le commerce des femmes, même de celles dont il n'était pas amoureux : il demeurait tous les jours chez la Reine à l'heure du Cercle, où tout ce qu'il y avait de plus beau, et de mieux fait de l'un et de l'autre sexe, ne manquait pas de se trouver.

Jamais Cour n'a eu tant de belles personnes et d'hommes admirablement bien faits, et il semblait que la nature eût pris plaisir à placer ce qu'elle donne de plus beau dans les plus grandes Princesses, et dans les plus grands Princes : Madame Élisabeth de France, qui fut depuis reine d'Espagne, commençait à faire paraître un esprit surprenant et cette incomparable beauté qui lui a été si funeste. Marie Stuart reine d'Écosse, qui venait d'épouser Monsieur le Dauphin, et qu'on appelait la Reine Dauphine, était une personne parfaite, pour l'esprit et pour le corps : elle avait été élevée à la Cour de France, elle en avait pris toute la politesse, et elle était née avec tant de disposition pour toutes les belles choses, que malgré sa grande jeunesse, elle les aimait, et s'y connaissait mieux que personne. La Reine sa belle-mère, et Madame sœur du Roi, aimaient aussi les Vers, la Comédie, et la Musique : le goût que le roi François premier avait eu pour la Poésie et pour les Lettres, régnait encore en France ; et le Roi son fils aimant les exercices du corps, tous les plaisirs étaient à la Cour : mais ce qui rendait cette Cour belle et majestueuse, était le nombre infini de Princes, et de grands Seigneurs d'un mérite extraordinaire. Ceux que je vais nommer, étaient en des manières différentes, l'ornement, et l'admiration de leur siècle.

Le roi de Navarre attirait le respect de tout le monde par la grandeur de son rang, et par celle qui paraissait en sa personne. Il excellait dans la guerre, et le duc de Guise lui donnait une émulation qui l'avait porté plusieurs fois à quitter sa place de Général, pour aller combattre auprès de lui comme un simple soldat, dans les lieux les plus périlleux. Il est vrai aussi que ce Duc avait donné des marques d'une valeur si admirable, et avait eu de si heureux succès, qu'il n'y avait point de grand Capitaine qui ne dût le regarder avec envie. Sa valeur était soutenue de toutes les autres grandes qualités : il avait un esprit vaste et profond, une âme noble et élevée, et une égale capacité pour la guerre, et pour les affaires. Le cardinal de Lorraine son frère était né avec une ambition démesurée, avec un esprit vif et une éloquence admirable; et il avait acquis une science profonde, dont il se servait pour se rendre considérable en défendant la Religion catholique, qui commençait d'être attaquée. Le chevalier de Guise, que l'on appela depuis le Grand Prieur, était un Prince aimé de tout le monde, bien fait, plein d'esprit, plein d'adresse, et d'une valeur célèbre par toute l'Europe. Le prince de Condé dans un petit corps peu favorisé de la nature, avait une âme grande et hautaine, et un esprit qui le rendait aimable aux yeux même des plus belles femmes; le duc de Nevers, dont la vie était glorieuse par la guerre, et par les grands emplois qu'il avait eus, quoique dans un âge un peu avancé, faisait les délices de la Cour. Il avait trois fils parfaitement bien faits : le second qu'on appelait le prince de Clèves, était digne de soutenir la gloire de son nom, il était brave et magnifique, et il avait une prudence qui ne se trouve guère avec la jeunesse. Le vidame de Chartres, descendu de cette ancienne Maison de Vendôme, dont les Princes du Sang n'ont point dédaigné de porter le nom, était également distingué dans la guerre, et dans la galanterie. Il était beau, de bonne mine, vaillant, hardi, libéral : toutes ces bonnes qualités étaient vives et éclatantes, enfin il était seul digne d'être comparé au duc de Nemours, si quelqu'un lui eût pu être comparable. Mais ce Prince était un chef-d'œuvre de la nature; ce qu'il avait de moins admirable, c'était d'être l'homme du monde le mieux fait et le plus beau. Ce qui le mettait au-dessus des autres était une valeur incomparable, et un agrément dans son esprit, dans son visage, et dans ses actions, que l'on n'a jamais vu qu'à lui seul; il avait un enjouement qui plaisait également aux hommes, et aux femmes, une adresse extraordinaire dans tous ses exercices, une manière de s'habiller qui était toujours suivie de tout le monde, sans pouvoir être imitée; et enfin un air dans toute sa personne, qui faisait qu'on ne pouvait regarder que lui dans tous les lieux où il paraissait. Il n'y avait aucune dame dans la Cour, dont la gloire n'eût été flattée de le voir attaché à elle; peu de celles à qui il s'était attaché, se pouvaient vanter de lui avoir résisté, et même plusieurs à qui il n'avait point témoigné de passion, n'avaient pas laissé d'en avoir pour lui. Il avait tant de douceur et tant de disposition à la galanterie, qu'il ne pouvait refuser quelques soins à celles qui tâchaient de lui plaire : ainsi il avait plusieurs Maîtresses, mais il était difficile de deviner celle qu'il aimait véritablement. Il allait souvent chez la Reine Dauphine ; la beauté de cette Princesse, sa douceur, le soin qu'elle avait de plaire à tout le monde, et l'estime particulière qu'elle témoignait à ce Prince, avaient souvent donné lieu de croire qu'il levait les yeux jusqu'à elle. MM. de Guise dont elle était nièce, avaient beaucoup augmenté leur crédit et leur considération par son mariage ; leur ambition les faisait aspirer à s'égaler aux Princes du Sang, et à partager le pouvoir du connétable de Montmorency. Le Roi se reposait sur lui de la plus grande partie du gouvernement des affaires, et traitait le duc de Guise et le maréchal de Saint-André, comme ses favoris. Mais ceux que la faveur, ou les affaires approchaient de sa personne, ne s'y pouvaient maintenir qu'en se soumettant à la duchesse de Valentinois ; et quoiqu'elle n'eût plus de jeunesse, ni de beauté, elle le gouvernait avec un empire si absolu, que l'on peut dire qu'elle était maîtresse de sa personne et de l'État.

Le Roi avait toujours aimé le Connétable, et sitôt qu'il avait commencé à régner, il l'avait rappelé de l'exil où le roi François premier l'avait envoyé. La Cour était partagée entre MM. de Guise et le Connétable, qui était soutenu des Princes du Sang. L'un et l'autre parti avait toujours songé à gagner la duchesse de Valentinois. Le duc d'Aumale, Frère du duc de Guise, avait épousé une de ses filles : le Connétable aspirait à la même alliance. Il ne se contentait pas d'avoir marié son fils aîné avec Madame Diane fille du Roi, et d'une Dame de Piémont, qui se fit religieuse aussitôt qu'elle fut accouchée. Ce mariage avait eu beaucoup d'obstacles, par les promesses que M. de Montmorency avait faites à Mlle de Piennes, une des filles d'honneur de la Reine : et bien que le Roi les eût surmontés avec une patience et une bonté extrême, ce Connétable ne se trouvait pas encore assez appuyé, s'il ne s'assurait de Mme de Valentinois, et s'il ne la séparait de MM. de Guise, dont la grandeur commençait à donner de l'inquiétude à cette Duchesse. Elle avait retardé autant qu'elle avait pu le mariage du Dauphin avec la reine d'Écosse : la beauté et l'esprit capable et avancé de cette jeune Reine, et l'élévation que ce mariage donnait à MM. de Guise, lui étaient insupportables. Elle haïssait particulièrement le cardinal de Lorraine ; il lui avait parlé avec aigreur, et même avec

mépris ; elle voyait qu'il prenait des liaisons avec la Reine ; de sorte que le Connétable la trouva disposée à s'unir avec lui, et à entrer dans son alliance, par le mariage de Mlle de La Marck sa petite-fille, avec M. d'Anville son second fils, qui succéda depuis à sa Charge sous le règne de Charles IX. Le Connétable ne crut pas trouver d'obstacles dans l'esprit de M. d'Anville pour un mariage, comme il en avait trouvé dans l'esprit de M. de Montmorency ; mais quoique les raisons lui en fussent cachées, les difficultés n'en furent guère moindres. M. d'Anville était éperdument amoureux de la Reine Dauphine, et quelque peu d'espérance qu'il eût dans cette passion, il ne pouvait se résoudre à prendre un engagement qui partagerait ses soins. Le maréchal de Saint-André était le seul dans la Cour qui n'eût point pris de parti : il était un des Favoris, et sa faveur ne tenait qu'à sa personne : le Roi l'avait aimé dès le temps qu'il était Dauphin ; et depuis il l'avait fait Maréchal de France dans un âge où l'on n'a pas encore accoutumé de prétendre aux moindres dignités. Sa faveur lui donnait un éclat qu'il soutenait par son mérite et par l'agrément de sa personne, par une grande délicatesse pour sa table et pour ses meubles, et par la plus grande magnificence qu'on eût jamais vue en un particulier. La libéralité du Roi fournissait à cette dépense ; ce Prince allait jusqu'à la prodigalité pour ceux qu'il aimait ; il n'avait pas toutes les grandes qualités, mais il en avait plusieurs, et surtout celle d'aimer la guerre, et de l'entendre ; aussi avait-il eu d'heureux succès, et si on en excepte la bataille de Saint-Quentin, son règne n'avait été qu'une suite de victoires. Il avait gagné en personne la bataille de Renty ; le Piémont avait été conquis ; les Anglais avaient été chassés de France, et l'empereur Charles Quint avait vu finir sa bonne fortune devant la ville de Metz qu'il avait assiégée inutilement avec toutes les forces de l'Empire, et de l'Espagne. Néanmoins, comme le malheur de Saint-Quentin avait diminué l'espérance de nos Conquêtes, et que depuis la Fortune avait semblé se partager entre les deux Rois, ils se trouvèrent insensiblement disposés à la paix.

La duchesse douairière de Lorraine avait commencé à en faire des propositions dans le temps du mariage de Monsieur le Dauphin ; il y avait toujours eu depuis quelque négociation secrète. Enfin Cercamp dans le pays d'Artois, fut choisi pour le lieu où l'on devait s'assembler. Le cardinal de Lorraine, le connétable de Montmorency, et le maréchal de Saint-André, s'y trouvèrent pour le Roi. Le duc d'Albe et le prince d'Orange, pour Philippe II ; et le duc et la duchesse de Lorraine furent les Médiateurs. Les principaux articles étaient, le mariage de Madame Élisabeth de France avec Don Carlos Infant d'Espagne, et celui de Madame sœur du Roi avec M. de Savoie.

Le Roi demeura cependant sur la frontière, et il y reçut la nouvelle de la mort de Marie reine d'Angleterre. Il envoya le comte de Randan à Élisabeth, sur son avènement à la Couronne ; elle le reçut avec joie : ses droits étaient si mal établis, qu'il lui était avantageux de se voir reconnue par le Roi. Ce Comte la trouva instruite des intérêts de la Cour de France, et du mérite de ceux qui la composaient ; mais surtout il la trouva si remplie de la réputation du duc de Nemours, elle lui parla tant de fois de ce Prince, et avec tant d'empressement, que quand M. de Randan fut revenu, et qu'il rendit compte au Roi de son voyage, il lui dit qu'il n'y avait rien que M. de Nemours ne pût prétendre auprès de cette Princesse, et qu'il ne doutait point qu'elle ne fût capable de l'épouser. Le Roi en parla à ce Prince dès le soir même, il lui fit conter par M. de Randan toutes ses conversations avec Élisabeth, et lui conseilla de tenter cette grande fortune. M. de Nemours crut d'abord que le Roi ne lui parlait pas sérieusement, mais comme il vit le contraire :

« Au moins, Sire, lui dit-il, si je m'embarque dans une entreprise chimérique par le conseil et pour le service de Votre Majesté, je la supplie de me garder le secret, jusqu'à ce que le succès me justifie vers le public, et de vouloir bien ne me pas faire paraître rempli d'une assez grande vanité, pour prétendre qu'une Reine qui ne m'a jamais vu, me veuille épouser par amour. »

Le Roi lui promit de ne parler qu'au Connétable de ce dessein, et il jugea même le secret nécessaire pour le succès. M. de Randan conseillait à M. de Nemours d'aller en Angleterre sur le simple prétexte de voyager, mais ce Prince ne put s'y résoudre. Il envoya Lignerolles, qui était un jeune homme d'esprit son favori, pour voir les sentiments de la Reine, et pour tâcher de commencer quelque liaison. En attendant l'événement de ce voyage, il alla voir le duc de Savoie qui était alors à Bruxelles avec le roi d'Espagne ; la mort de Marie d'Angleterre apporta de grands obstacles à la paix ; l'Assemblée se rompit à la fin de Novembre, et le Roi revint à Paris.

Il parut alors une beauté à la Cour, qui attira les yeux de tout le monde, et l'on doit croire que c'était une beauté parfaite, puisqu'elle donna de l'admiration dans un lieu où l'on était si accoutumé à voir de belles personnes. Elle était de la même maison que le vidame de Chartres, et une des plus grandes héritières de France ; son père était mort jeune, et l'avait laissée sous la conduite de Mme de Chartres sa femme, dont le bien, la vertu, et le mérite, étaient extraordinaires. Après avoir perdu son mari, elle avait passé plusieurs années sans revenir à la Cour. Pendant cette absence, elle avait donné ses soins à l'éducation de sa fille ; mais elle ne travailla pas seulement à cultiver son esprit et sa beauté, elle songea aussi à lui donner de la vertu et à la lui rendre aimable. La plupart des mères s'imaginent, qu'il suffit de ne parler jamais de galanterie devant les jeunes personnes, pour les en éloigner. Mme de Chartres avait une opinion opposée, elle faisait souvent à sa fille des peintures de l'Amour, elle lui montrait ce qu'il a d'agréable, pour la persuader plus aisément sur ce qu'elle lui en apprenait de dangereux ; elle lui contait le peu de sincérité des hommes, leurs tromperies, et leur infidélité ; les malheurs domestiques, où plongent les engagements ; et elle lui faisait voir, d'un autre côté, quelle tranquillité suivait la vie d'une honnête femme, et combien la vertu donnait d'éclat et d'élévation à une personne qui avait de la beauté et de la naissance : mais elle lui faisait voir aussi combien il était difficile de conserver cette vertu, que par une extrême défiance de soi-même et par un grand soin de s'attacher à ce qui seul peut faire le bonheur d'une femme, qui est d'aimer son mari et d'en être aimée.

Cette héritière était alors un des grands partis qu'il y eût en France ; et quoiqu'elle fût dans une extrême jeunesse, l'on avait déjà proposé plusieurs mariages. Mme de Chartres, qui était extrêmement glorieuse, ne trouvait presque rien digne de sa fille, la voyant dans sa seizième année, elle voulut la mener à la Cour. Lorsqu'elle arriva, le Vidame alla au-devant d'elle : il fut surpris de la grande beauté de Mlle de Chartres, et il en fut surpris avec raison. La blancheur de son teint et ses cheveux blonds, lui

donnaient un éclat que l'on n'a jamais vu qu'à elle; tous ses traits étaient réguliers, et son visage et sa personne étaient pleins de grâce, et de charmes.

Le lendemain qu'elle fut arrivée, elle alla pour assortir des pierreries chez un Italien, qui en trafiquait par tout le monde. Cet homme était venu de Florence avec la Reine, et s'était tellement enrichi dans son trafic, que sa maison paraissait plutôt celle d'un grand Seigneur, que d'un marchand. Comme elle y était, le prince de Clèves y arriva. Il fut tellement surpris de sa beauté, qu'il ne put cacher sa surprise, et Mlle de Chartres ne put s'empêcher de rougir en voyant l'étonnement qu'elle lui avait donné : elle se remit néanmoins sans témoigner d'autre attention aux actions de ce Prince, que celle que la civilité lui devait donner pour un homme tel qu'il paraissait. M. de Clèves la regardait avec admiration, et il ne pouvait comprendre qui était cette belle personne qu'il ne connaissait point. Il voyait bien par son air, et par tout ce qui était à sa suite, qu'elle devait être d'une grande qualité. Sa jeunesse lui faisait croire que c'était une fille, mais ne lui voyant point de mère, et l'Italien qui ne la connaissait point l'appelant Madame, il ne savait que penser, et il la regardait toujours avec étonnement. Il s'aperçut que ses regards l'embarrassaient, contre l'ordinaire des jeunes personnes, qui voient toujours avec plaisir l'effet de leur beauté : il lui parut même qu'il était cause qu'elle avait de

l'impatience de s'en aller, et en effet elle sortit assez promptement. M. de Clèves se consola de la perdre de vue, dans l'espérance de savoir qui elle était; mais il fut bien surpris quand il sut qu'on ne la connaissait point : il demeura si touché de sa beauté, et de l'air modeste qu'il avait remarqué dans ses actions, qu'on peut dire qu'il conçut pour elle dès ce moment une passion et une estime extraordinaires : il alla le soir chez Madame sœur du Roi.

Cette Princesse était dans une grande considération, par le crédit qu'elle avait sur le Roi son frère; et ce crédit était si grand, que le Roi en faisant la paix consentait à rendre le Piémont, pour lui faire épouser le duc de Savoie. Quoiqu'elle eût désiré toute sa vie de se marier, elle n'avait jamais voulu épouser qu'un souverain, et elle avait refusé pour cette raison le roi de Navarre lorsqu'il était duc de Vendôme, et avait toujours souhaité M. de Savoie; elle avait conservé de l'inclination pour lui depuis qu'elle l'avait vu à Nice à l'entrevue du roi François premier et du pape Paul troisième. Comme elle avait beaucoup d'esprit, et un grand discernement pour les belles choses, elle attirait tous les honnêtes gens, et il y avait de certaines heures où toute la Cour était chez elle.

M. de Clèves y vint comme à l'ordinaire; il était si rempli de l'esprit et de la beauté de Mlle de Chartres, qu'il ne pouvait parler d'autre chose. Il conta tout haut son aventure, et ne pouvait se lasser de donner des louanges à cette personne qu'il avait vue, qu'il ne connaissait point. Madame lui dit, qu'il n'y avait point de personne comme celle qu'il dépeignait, et que, s'il y en avait quelqu'une elle serait connue de tout le monde. Mme de Dampierre, qui était sa Dame d'honneur, et amie de Mme de Chartres, entendant cette conversation, s'approcha de cette Princesse, et lui dit tout bas que c'était sans doute Mlle de Chartres que M. de Clèves avait vue. Madame se retourna vers lui, et lui dit que s'il voulait revenir chez elle le lendemain, elle lui ferait voir cette beauté dont il était si touché. Mlle de Chartres parut en effet le jour suivant; elle fut reçue des Reines avec tous les agréments qu'on peut s'imaginer, et avec une telle admiration de tout le monde, qu'elle n'entendait autour d'elle que des louanges. Elle les recevait avec une modestie si noble, qu'il ne semblait pas qu'elle les entendît, ou du moins qu'elle en fût touchée. Elle alla ensuite chez Madame sœur du Roi. Cette Princesse après avoir loué sa beauté, lui conta l'étonnement qu'elle avait donné à M. de Clèves. Ce Prince entra un moment après :

« Venez, lui dit-elle, voyez si je ne vous tiens pas ma parole, et si en vous montrant Mlle de Chartres, je ne vous fais pas voir cette beauté que vous cherchiez : remerciez-moi au moins de lui avoir appris l'admiration que vous aviez déjà pour elle. »

M. de Clèves sentit de la joie, de voir que cette personne, qu'il avait trouvée si aimable, était d'une qualité proportionnée à sa beauté : il s'approcha d'elle, et il la supplia de se souvenir qu'il avait été le premier à l'admirer, et que sans la connaître il avait eu pour elle tous les sentiments de respect et d'estime qui lui étaient dus.

Le chevalier de Guise et lui, qui étaient amis, sortirent ensemble de chez Madame. Ils louèrent d'abord Mlle de Chartres, sans se contraindre. Ils trouvèrent enfin qu'ils la louaient trop, et ils cessèrent l'un et l'autre de dire ce qu'ils en pensaient ; mais ils furent contraints d'en parler les jours suivants partout où ils se rencontrèrent. Cette nouvelle beauté fut longtemps le sujet de toutes les conversations. La Reine lui donna de grandes louanges, et eut pour elle une considération extraordinaire : la Reine Dauphine en fit une de ses Favorites, et pria Mme de Chartres de la mener souvent chez elle. Mesdames, filles du Roi, l'envoyaient chercher pour être de tous leurs divertissements. Enfin elle était aimée et admirée de toute la Cour, excepté de Mme de Valentinois. Ce n'est pas que cette beauté lui donnât de l'ombrage ; une trop longue expérience lui avait appris qu'elle n'avait rien à craindre auprès du Roi ; mais elle avait tant de haine pour le vidame de Chartres, qu'elle avait souhaité d'attacher à elle par le mariage d'une de ses filles, et qui s'était attaché à la Reine, qu'elle ne pouvait regarder favorablement une personne qui portait son nom, et pour qui il faisait paraître une grande amitié.

Le prince de Clèves devint passionnément amoureux de Mlle de Chartres, et souhaitait ardemment de l'épouser ; mais il craignait que l'orgueil de Mme de Chartres ne fût blessé, de donner sa fille à un homme qui n'était pas l'aîné de sa Maison. Cependant cette Maison était si grande, et le comte d'Eu qui en était l'aîné, venait d'épouser une

personne si proche de la Maison royale, que c'était plutôt la timidité que donne l'amour, que de véritables raisons qui causaient les craintes de M. de Clèves. Il avait un grand nombre de Rivaux, le chevalier de Guise lui paraissait le plus redoutable par sa naissance, par son mérite, et par l'éclat que la faveur donnait à sa maison. Ce Prince était devenu amoureux de Mlle de Chartres le premier jour qu'il l'avait vue : il s'était aperçu de la passion de M. de Clèves, comme M. de Clèves s'était aperçu de la sienne. Quoiqu'ils fussent amis, l'éloignement que donnent les mêmes prétentions ne leur avait pas permis de s'expliquer ensemble ; et leur amitié s'était refroidie, sans qu'ils eussent eu la force de s'éclaircir. L'aventure qui était arrivée à M. de Clèves, d'avoir vu le premier Mlle de Chartres, lui paraissait un heureux présage et semblait lui donner quelque avantage sur ses Rivaux ; mais il prévoyait de grands obstacles par le duc de Nevers, son père. Ce Duc avait d'étroites liaisons avec la duchesse de Valentinois : elle était ennemie du Vidame, et cette raison était suffisante pour empêcher le duc de Nevers de consentir que son fils pensât à sa nièce.

Mme de Chartres qui avait eu tant d'application pour inspirer la vertu à sa fille, ne discontinua pas de prendre les mêmes soins dans un lieu où ils étaient si nécessaires, et où il y avait tant d'exemples si dangereux. L'ambition et la galanterie étaient l'âme de cette Cour, et occupaient également les hommes et les femmes. Il y avait tant d'intérêts et tant de cabales différentes, et les Dames y avaient tant de part, que l'Amour était toujours mêlé aux affaires, et les affaires à l'Amour. Personne n'était tranquille, ni indifférent ; on songeait à s'élever, à plaire, à servir, ou à nuire ; on ne connaissait ni l'ennui, ni l'oisiveté, et on était toujours occupé des plaisirs, ou des intrigues. Les Dames avaient des attachements particuliers pour la Reine, pour la Reine Dauphine, pour la reine de Navarre, pour Madame sœur du Roi, ou pour la duchesse de Valentinois. Les inclinations, les raisons de bienséance, ou le rapport d'humeur, faisaient ces différents attachements. Celles qui avaient passé la première jeunesse, et qui faisaient profession d'une vertu plus austère, étaient attachées à la Reine. Celles qui étaient plus jeunes, et qui cherchaient la joie et la galanterie, faisaient leur cour à la Reine Dauphine. La reine de Navarre avait ses Favorites, elle était jeune, et elle avait du pouvoir sur le Roi son mari.

Il était joint au Connétable, et avait par là beaucoup de crédit : Madame sœur du Roi conservait encore de la beauté, et attirait plusieurs Dames auprès d'elle : la duchesse de Valentinois avait toutes celles qu'elle daignait regarder ; mais peu de femmes lui étaient agréables, et excepté quelques-unes qui avaient sa familiarité et sa confiance, et dont l'humeur avait du rapport avec la sienne, elle n'en recevait chez elle que les jours où elle prenait plaisir à avoir une Cour comme celle de la Reine.

Toutes ces différentes cabales avaient de l'émulation et de l'envie les unes contre les autres : les Dames qui les composaient avaient aussi de la jalousie entre elles, ou pour la faveur, ou pour les amants ; les intérêts de grandeur et d'élévation se trouvaient souvent joints à ces autres intérêts moins importants, mais qui n'étaient pas moins sensibles. Ainsi il y avait une sorte d'agitation sans désordre dans cette Cour, qui la rendait très agréable, mais aussi très dangereuse pour une jeune personne : Mme de Chartres voyait ce péril, et ne songeait qu'aux moyens d'en garantir sa fille. Elle la pria, non pas comme sa mère, mais comme son amie, de lui faire confidence de toutes les galanteries qu'on lui dirait, et elle lui promit de lui aider à se conduire dans des choses où l'on était souvent embarrassée quand on était jeune.

Le chevalier de Guise fit tellement paraître les sentiments et les desseins qu'il avait pour Mlle de Chartres, qu'ils ne furent ignorés de personne. Il ne voyait néanmoins que de l'impossibilité dans ce qu'il désirait ; il savait bien qu'il n'était point un parti qui convînt à Mlle de Chartres, par le peu de bien qu'il avait pour soutenir son rang ; et il savait bien aussi que ses Frères n'approuveraient pas qu'il se mariât, par la crainte de l'abaissement que les mariages des cadets apportent d'ordinaire dans les grandes Maisons. Le cardinal de Lorraine lui fit bientôt voir qu'il ne se trompait pas, il condamna l'attachement qu'il témoignait pour Mlle de Chartres, avec une chaleur extraordinaire ; mais il ne lui en dit pas les véritables raisons. Ce cardinal avait une haine pour le Vidame qui était secrète alors, et qui éclata depuis. Il eût plutôt consenti à voir son Frère entrer dans toute autre alliance que dans celle de ce Vidame ; et il déclara si publiquement combien il en était éloigné, que Mme de Chartres en fut sensiblement offensée. Elle prit de grands soins de faire voir que le

cardinal de Lorraine n'avait rien à craindre, et qu'elle ne songeait pas à ce mariage. Le Vidame prit la même conduite, et sentit encore plus que Mme de Chartres, celle du cardinal de Lorraine, parce qu'il en savait mieux la cause.

Le prince de Clèves n'avait pas donné des marques moins publiques de sa passion, qu'avait fait le chevalier de Guise. Le duc de Nevers apprit cet attachement avec chagrin ; il crut néanmoins qu'il n'avait qu'à parler à son fils pour le faire changer de conduite ; mais il fut bien surpris de trouver en lui le dessein formé d'épouser Mlle de Chartres. Il blâma ce dessein, il s'emporta, et cacha si peu son emportement, que le sujet s'en répandit bientôt à la Cour, et alla jusqu'à Mme de Chartres. Elle n'avait pas mis en doute que M. de Nevers ne regardât le mariage de sa fille comme un avantage pour son fils ; elle fut bien étonnée que la Maison de Clèves et celle de Guise craignissent son alliance, au lieu de la souhaiter. Le dépit qu'elle eut lui fit penser à trouver un parti pour sa fille qui la mît au-dessus de ceux qui se croyaient au-dessus d'elle. Après avoir tout examiné, elle s'arrêta au Prince Dauphin, fils du duc de Montpensier. Il était lors à marier, et c'était ce qu'il y avait de plus grand à la Cour. Comme Mme de Chartres avait beaucoup d'esprit, qu'elle était aidée du Vidame qui était dans une grande considération, et qu'en effet sa fille était un parti considérable, elle agit avec tant d'adresse et tant de succès, que M. de Montpensier parut souhaiter ce mariage, et il semblait qu'il ne s'y pouvait trouver de difficultés.

Le Vidame qui savait l'attachement de M. d'Anville pour la Reine Dauphine, crut néanmoins qu'il fallait employer le pouvoir que cette Princesse avait sur lui, pour l'engager à servir Mlle de Chartres auprès du Roi et auprès du prince de Montpensier, dont il était ami intime. Il en parla à cette Reine, et elle entra avec joie dans une affaire où il s'agissait de l'élévation d'une personne qu'elle aimait beaucoup ; elle le témoigna au Vidame, et l'assura, que quoiqu'elle sût bien qu'elle ferait une chose désagréable au cardinal de Lorraine son oncle, elle passerait avec joie par-dessus cette considération, parce qu'elle avait sujet de se plaindre de lui, et qu'il prenait tous les jours les intérêts de la Reine contre les siens propres.

Les personnes galantes sont toujours bien aises qu'un prétexte leur donne lieu de parler à ceux qui les aiment. Sitôt que le Vidame eut quitté Madame la Dauphine, elle ordonna à Chastelart, qui était Favori de M. d'Anville, et qui savait la passion qu'il avait pour elle, de lui aller dire de sa part, de se trouver le soir chez la Reine. Chastelart reçut cette commission avec beaucoup de joie et de respect. Ce Gentilhomme était d'une bonne maison de Dauphiné, mais son mérite et son esprit le mettaient au-dessus de sa naissance. Il était reçu et bien traité de tout ce qu'il y avait de grands Seigneurs à la Cour, et la faveur de la Maison de Montmorency l'avait particulièrement attaché à M. d'Anville ; il était bien fait de sa personne, adroit à toutes sortes d'exercices ; il chantait agréablement, il faisait des vers, et avait un esprit galant et passionné qui plut si fort à M. d'Anville qu'il le fit confident de l'amour qu'il avait pour la Reine Dauphine. Cette confidence l'approchait de cette Princesse, et ce fut en la voyant souvent, qu'il prit le commencement de cette malheureuse passion qui lui ôta la raison, et qui lui coûta enfin la vie.

M. d'Anville ne manqua pas d'être le soir chez la Reine ; il se trouva heureux que Madame la Dauphine l'eût choisi pour travailler à une chose qu'elle désirait, et il lui promit d'obéir exactement à ses ordres : mais Mme de Valentinois ayant été avertie du dessein de ce mariage, l'avait traversé avec tant de soin, et avait tellement prévenu le Roi, que lorsque M. d'Anville lui en parla, il lui fit paraître qu'il ne l'approuvait pas, et lui ordonna même de le dire au prince de Montpensier. L'on peut juger ce que sentit Mme de Chartres par la rupture d'une chose qu'elle avait tant désirée, dont le mauvais succès donnait un si grand avantage à ses ennemis, et faisait un si grand tort à sa fille.

La Reine Dauphine témoigna à Mlle de Chartres, avec beaucoup d'amitié, le déplaisir qu'elle avait de lui avoir été inutile :

« Vous voyez, lui dit-elle, que j'ai un médiocre pouvoir : je suis si haïe de la Reine et de la duchesse de Valentinois, qu'il est difficile que par elles, ou par ceux qui sont dans leur dépendance, elles ne traversent toujours toutes les choses que je désire : cependant (ajouta-t-elle), je n'ai jamais pensé qu'à leur plaire ; aussi elles ne me haïssent qu'à cause de la Reine ma mère, qui leur a donné autrefois de l'inquiétude et de la jalousie. Le Roi en avait été amoureux avant qu'il le fût de Mme de Valentinois ; et dans les premières années de son mariage, qu'il n'avait point encore d'enfants, quoiqu'il aimât cette Duchesse, il parut quasi résolu de se démarier pour épouser la Reine ma mère. Mme de Valentinois qui craignait une femme, qu'il avait déjà aimée, et dont la beauté et l'esprit pouvaient diminuer sa faveur, s'unit au Connétable, qui ne souhaitait pas aussi que le Roi épousât une sœur de MM. de Guise : ils mirent le feu Roi dans leurs sentiments, et quoiqu'il haït mortellement la duchesse de Valentinois, comme il aimait la Reine, il travailla avec eux pour empêcher le Roi de se démarier ; mais pour lui ôter absolument la pensée d'épouser la Reine ma mère, ils firent son mariage avec le roi d'Écosse, qui était veuf de Madame Magdeleine sœur du Roi, et ils le firent parce qu'il était le plus prêt à conclure, et manquèrent aux engagements qu'on avait avec le roi d'Angleterre, qui la souhaitait ardemment. Il s'en fallait peu même que ce manquement ne fît une rupture entre les deux Rois. Henri VIII ne pouvait se consoler de n'avoir pas épousé la Reine ma mère, et quelque autre Princesse française qu'on lui proposât, il disait toujours qu'elle ne remplacerait jamais celle qu'on lui avait ôtée. Il est vrai aussi que la Reine ma mère était une parfaite beauté, et que c'est une chose remarquable, que veuve d'un duc de Longueville, trois Rois aient souhaité de l'épouser ; son malheur l'a donnée au moindre, et l'a mise dans un Royaume où elle ne trouve que des peines. On dit que je lui ressemble, je crains de lui ressembler aussi par sa malheureuse destinée, et quelque bonheur qui semble se préparer pour moi, je ne saurais croire que j'en jouisse. »

Mlle de Chartres dit à la Reine, que ces tristes pressentiments étaient si mal fondés, qu'elle ne les conserverait pas longtemps, et qu'elle ne devait point douter que son bonheur ne répondît aux apparences.

Personne n'osait plus penser à Mlle de Chartres, par la crainte de déplaire au Roi, ou par la pensée de ne pas réussir auprès d'une personne qui avait espéré un Prince du Sang. M. de Clèves ne fut retenu par aucune de ces considérations. La mort du duc de Nevers son père, qui arriva alors, le mit dans une entière liberté de suivre son inclination, et sitôt que le temps de la bienséance du deuil fut passé, il ne songea plus qu'aux moyens d'épouser Mlle de Chartres. Il se trouvait heureux d'en faire la

proposition dans un temps où ce qui s'était passé avait éloigné les autres partis, et où il était quasi assuré qu'on ne la lui refuserait pas; ce qui troublait sa joie, était la crainte de ne lui être pas agréable, et il eût préféré le bonheur de lui plaire, à la certitude de l'épouser sans en être aimé.

Le chevalier de Guise lui avait donné quelque sorte de jalousie; mais comme elle était plutôt fondée sur le mérite de ce Prince, que sur aucune des actions de Mlle de Chartres, il songea seulement à tâcher de découvrir s'il était assez heureux pour qu'elle approuvât la pensée qu'il avait pour elle : il ne la voyait que chez les Reines, ou aux assemblées; il était difficile d'avoir une conversation particulière. Il en trouva pourtant les moyens, et il lui parla de son dessein et de sa passion avec tout le respect imaginable; il la pressa de lui faire connaître quels étaient les sentiments qu'elle avait pour lui, et il lui dit que ceux qu'il avait pour elle, étaient d'une nature qui le rendrait éternellement malheureux, si elle n'obéissait que par devoir aux volontés de madame sa mère.

Comme Mlle de Chartres avait le cœur très noble et très bien fait, elle fut véritablement touchée de reconnaissance du procédé du prince de Clèves. Cette reconnaissance donna à ses réponses et à ses paroles, un certain air de douceur qui suffisait pour donner de l'espérance à un homme aussi éperdument amoureux que l'était ce Prince; de sorte qu'il se flatta d'une partie de ce qu'il souhaitait.

Elle rendit compte à sa mère de cette conversation, et Mme de Chartres lui dit qu'il y avait tant de grandeur et de bonnes qualités dans M. de Clèves, et qu'il faisait paraître tant de sagesse pour son âge, que si elle sentait son inclination portée à l'épouser, elle y consentirait avec joie. Mlle de Chartres répondit, qu'elle lui remarquait les mêmes bonnes qualités, qu'elle l'épouserait même avec moins de répugnance qu'un autre, mais qu'elle n'avait aucune inclination particulière pour sa personne.

Dès le lendemain ce Prince fit parler à Mme de Chartres, elle reçut la proposition qu'on lui faisait, et elle ne craignit point de donner à sa fille un mari qu'elle ne pût aimer, en lui donnant le prince de Clèves. Les articles furent conclus ; on parla au Roi, et ce mariage fut su de tout le monde.

M. de Clèves se trouvait heureux, sans être néanmoins entièrement content ; il voyait avec beaucoup de peine, que les sentiments de Mlle de Chartres ne passaient pas ceux de l'estime et de la reconnaissance, et il ne pouvait se flatter qu'elle en cachât de plus obligeants, puisque l'état où ils étaient lui permettait de les faire paraître sans choquer son extrême modestie. Il ne se passait guère de jours qu'il ne lui en fît ses plaintes.

« Est-il possible, lui disait-il, que je puisse n'être pas heureux en vous épousant ! Cependant il est vrai que je ne le suis pas ; vous n'avez pour moi qu'une sorte de bonté qui ne me peut satisfaire ; vous n'avez ni impatience, ni inquiétude, ni chagrin ; vous n'êtes pas plus touchée de ma passion, que vous le seriez d'un attachement qui ne serait fondé que sur les avantages de votre fortune, et non pas sur les charmes de votre personne.

— Il y a de l'injustice à vous plaindre, lui répondit-elle, je ne sais ce que vous pouvez souhaiter au-delà de ce que je fais, et il me semble que la bienséance ne permet pas que j'en fasse davantage.

— Il est vrai, lui répliqua-t-il, que vous me donnez de certaines apparences dont je serais content, s'il y avait quelque chose au-delà ; mais au lieu que la bienséance vous retienne, c'est elle seule qui vous fait faire ce que vous faites. Je ne touche ni votre inclination, ni votre cœur, et ma présence ne vous donne ni de plaisir, ni de trouble.

— Vous ne sauriez douter, reprit-elle, que je n'aie de la joie de vous voir, et je rougis si souvent en vous voyant, que vous ne sauriez douter aussi que votre vue ne me donne du trouble.

— Je ne me trompe pas à votre rougeur, répondit-il, c'est un sentiment de modestie, et non pas un mouvement de votre cœur, et je n'en tire que l'avantage que j'en dois tirer. »

Mlle de Chartres ne savait que répondre, et ces distinctions étaient au-dessus de ses connaissances. M. de Clèves ne voyait que trop combien elle était éloignée d'avoir pour lui des sentiments qui le pouvaient satisfaire, puisqu'il lui paraissait même qu'elle ne les entendait pas.

Le chevalier de Guise revint d'un voyage peu de jours avant les noces ; il avait vu tant d'obstacles insurmontables au dessein qu'il avait eu d'épouser Mlle de Chartres, qu'il n'avait pu se flatter d'y réussir, et néanmoins il fut sensiblement affligé de la voir devenir la femme d'un autre ; cette douleur n'éteignit pas sa passion, et il ne demeura pas moins amoureux. Mlle de Chartres n'avait pas ignoré les sentiments que ce Prince avait eus pour elle. Il lui fit connaître à son retour qu'elle était cause de l'extrême tristesse qui paraissait sur son visage, et il avait tant de mérite et tant d'agréments, qu'il était difficile de le rendre malheureux sans en avoir quelque pitié. Aussi ne se pouvait-elle défendre d'en avoir ; mais cette pitié ne la conduisait pas à d'autres sentiments : elle contait à sa mère la peine que lui donnait l'affection de ce prince.

Mme de Chartres admirait la sincérité de sa fille, et elle l'admirait avec raison, car jamais personne n'en a eu une si grande et si naturelle ; mais elle n'admirait pas moins que son cœur ne fût point touché, et d'autant plus qu'elle voyait bien que le prince de Clèves ne l'avait pas touchée, non plus que les autres. Cela fut cause qu'elle prit de grands soins de l'attacher à son mari, et de lui faire comprendre ce qu'elle devait à l'inclination qu'il avait eue pour elle, avant que de la connaître, et à la passion qu'il lui avait témoignée, en la préférant à tous les autres partis, dans un temps où personne n'osait plus penser à elle.

Ce mariage s'acheva, la cérémonie s'en fit au Louvre, et le soir le Roi et les Reines vinrent souper chez Mme de Chartres avec toute la Cour, où ils furent reçus avec une magnificence admirable. Le chevalier de Guise n'osa se distinguer des autres, et ne pas assister à cette cérémonie ; mais il y fut si peu maître de sa tristesse, qu'il était aisé de la remarquer.

M. de Clèves ne trouva pas que Mlle de Chartres eût changé de sentiment, en changeant de nom. La qualité de mari lui donna de plus grands privilèges ; mais elle ne lui donna pas une autre place dans le cœur de sa femme. Cela fit aussi que pour être son mari, il ne laissa pas d'être son amant, parce qu'il avait toujours quelque chose à souhaiter au-delà de sa possession ; et quoiqu'elle vécût parfaitement bien avec lui, il n'était pas entièrement heureux. Il conservait pour elle une passion violente et inquiète qui troublait sa joie : la jalousie n'avait point de part à ce trouble ;

jamais mari n'a été si loin d'en prendre, et jamais femme n'a été si loin d'en donner. Elle était néanmoins exposée au milieu de la Cour ; elle allait tous les jours chez les Reines, et chez Madame. Tout ce qu'il y avait d'hommes jeunes et galants, la voyaient chez elle, et chez le duc de Nevers son beau-frère, dont la maison était ouverte à tout le monde ; mais elle avait un air qui inspirait un si grand respect, et qui paraissait si éloigné de la galanterie, que le maréchal de Saint-André, quoique audacieux et soutenu de la faveur du Roi, était touché de sa beauté, sans oser le lui faire paraître que par des soins et des devoirs. Plusieurs autres étaient dans le même état, et Mme de Chartres joignait à la sagesse de sa fille, une conduite si exacte pour toutes les bienséances, qu'elle achevait de la faire paraître une personne où l'on ne pouvait atteindre.

La duchesse de Lorraine en travaillant à la paix, avait aussi travaillé pour le mariage du duc de Lorraine son fils : il avait été conclu avec Madame Claude de France, seconde fille du Roi. Les noces en furent résolues pour le mois de février.

Cependant le duc de Nemours était demeuré à Bruxelles, entièrement rempli et occupé de ses desseins pour l'Angleterre. Il en recevait ou y envoyait continuellement des courriers : ses espérances augmentaient tous les jours, et enfin Lignerolles lui manda qu'il était temps que sa présence vînt achever ce qui était si bien commencé. Il reçut cette nouvelle avec toute la joie que peut avoir un jeune homme ambitieux qui se voit porté au Trône par sa seule réputation. Son esprit s'était insensiblement accoutumé à la grandeur de cette fortune, et au lieu qu'il l'avait rejetée d'abord comme une chose où il ne pouvait parvenir, les difficultés s'étaient effacées de son imagination, et il ne voyait plus d'obstacles.

Il envoya en diligence à Paris, donner tous les ordres nécessaires pour faire un équipage magnifique, afin de paraître en Angleterre avec un éclat proportionné au dessein qui l'y conduisait, et il se hâta lui-même de venir à la Cour pour assister au mariage de M. de Lorraine.

Il arriva la veille des Fiançailles ; et dès le même soir qu'il fut arrivé, il alla rendre compte au Roi de l'état de son dessein, et recevoir ses ordres et ses conseils pour ce qui lui restait à faire. Il alla ensuite chez les Reines. Mme de Clèves n'y était pas, de sorte qu'elle ne le vit point, et ne sut pas même qu'il fût arrivé. Elle avait ouï parler de ce prince à tout le monde, comme de ce qu'il y avait de mieux fait et de plus agréable à la Cour ; et surtout Madame la Dauphine le lui avait dépeint d'une sorte, et lui en avait parlé tant de fois, qu'elle lui avait donné de la curiosité, et même de l'impatience de le voir.

Elle passa tout le jour des Fiançailles chez elle à se parer, pour se trouver le soir au bal et au festin royal qui se faisait au Louvre. Lorsqu'elle arriva, l'on admira sa beauté et sa parure ; le bal commença, et comme elle dansait avec M. de Guise, il se fit un assez grand bruit vers la porte de la salle, comme de quelqu'un qui entrait, et à qui on faisait place. Mme de Clèves acheva de danser, et pendant qu'elle cherchait des yeux quelqu'un qu'elle avait dessein de prendre, le Roi lui cria de prendre celui qui arrivait. Elle se tourna, et vit un homme qu'elle crut d'abord ne pouvoir être que M. de Nemours, qui passait par-dessus quelque siège, pour arriver où l'on dansait. Ce Prince était fait d'une sorte, qu'il était difficile de n'être pas surprise de le voir quand on ne l'avait jamais vu, surtout ce soir-là, où le soin qu'il avait pris de se parer augmentait encore l'air brillant qui était dans sa personne ; mais il était difficile aussi de voir Mme de Clèves pour la première fois, sans avoir un grand étonnement.

M. de Nemours fut tellement surpris de sa beauté, que lorsqu'il fut proche d'elle, et qu'elle lui fit la révérence, il ne put s'empêcher de donner des marques de son admiration. Quand ils commencèrent à danser, il s'éleva dans la salle un murmure de louanges. Le Roi, et les Reines se souvinrent qu'ils ne s'étaient jamais vus, et trouvèrent quelque chose de singulier de les voir danser ensemble sans se connaître. Ils les appelèrent quand ils eurent fini, sans leur donner le loisir de parler à personne, et leur demandèrent s'ils n'avaient pas bien envie de savoir qui ils étaient, et s'ils ne s'en doutaient point.

« Pour moi, Madame, dit M. de Nemours, je n'ai pas d'incertitude ; mais comme Mme de Clèves n'a pas les mêmes raisons pour deviner qui je suis, que celles que j'ai pour la reconnaître, je voudrais bien que Votre Majesté eût la bonté de lui apprendre mon nom.

— Je crois, dit Madame la Dauphine, qu'elle le sait aussi bien que vous savez le sien.

Pour moi, Madame,
dit M. de Nemours, je n'ai pas d'incertitude ; mais comme Mme de Clèves n'a pas les mêmes raisons pour deviner qui je suis, que celles que j'ai pour la reconnaître, je voudrais bien que Votre Majesté eût la bonté de lui apprendre mon nom.

— Je vous assure, Madame, reprit Mme de Clèves, qui paraissait un peu embarrassée, que je ne devine pas si bien que vous pensez.

— Vous devinez fort bien, répondit Madame la Dauphine, et il y a même quelque chose d'obligeant pour M. de Nemours, à ne vouloir pas avouer que vous le connaissez sans l'avoir jamais vu. »

La Reine les interrompit, pour faire continuer le bal, M. de Nemours prit la Reine Dauphine. Cette Princesse était d'une parfaite beauté, et avait paru telle aux yeux de M. de Nemours, avant qu'il allât en Flandres; mais de tout le soir il ne put admirer que Mme de Clèves.

Le chevalier de Guise qui l'adorait toujours, était à ses pieds, et ce qui se venait de passer lui avait donné une douleur sensible. Il le prit comme un présage, que la fortune destinait M. de Nemours à être amoureux de Mme de Clèves; et soit qu'en effet il eût paru quelque trouble sur son visage, ou que la jalousie fît voir au chevalier de Guise au-delà de la vérité, il crut qu'elle avait été touchée de la vue de ce Prince, et il ne put s'empêcher de lui dire que M. de Nemours était bien heureux de commencer à être connu d'elle, par une aventure qui avait quelque chose de galant et d'extraordinaire.

Mme de Clèves revint chez elle l'esprit si rempli de ce qui s'était passé au bal, que quoiqu'il fût fort tard elle alla dans la chambre de sa mère pour lui en rendre compte; et elle lui loua M. de Nemours avec un certain air qui donna à Mme de Chartres la même pensée qu'avait eue le chevalier de Guise.

Le lendemain la cérémonie des noces se fit. Mme de Clèves y vit le duc de Nemours avec une mine et une grâce si admirables, qu'elle en fut encore plus surprise.

Les jours suivants elle le vit chez la Reine Dauphine, elle le vit jouer à la paume avec le Roi, elle le vit courre la bague, elle l'entendit parler; mais elle le vit toujours surpasser de si loin tous les autres, et se rendre tellement maître de la conversation dans tous les lieux où il était, par l'air de sa personne, et par l'agrément de son esprit, qu'il fit en peu de temps une grande impression dans son cœur.

Il est vrai aussi que comme M. de Nemours sentait pour elle une inclination violente, qui lui donnait cette douceur et cet enjouement qu'inspirent les premiers désirs de plaire; il était encore plus aimable qu'il n'avait accoutumé de l'être. De sorte que se voyant souvent, et se voyant l'un et l'autre ce qu'il y avait de plus parfait à la Cour, il était difficile qu'ils ne se plussent infiniment.

La duchesse de Valentinois était de toutes les parties de plaisir, et le Roi avait pour elle la même vivacité et les mêmes soins que dans les commencements de sa passion. Mme de Clèves qui était dans cet âge, où l'on ne croit pas qu'une femme puisse être aimée quand elle a passé vingt-cinq ans, regardait avec un extrême étonnement l'attachement que le Roi avait pour cette Duchesse, qui était grand-mère, et qui venait de marier sa petite-fille. Elle en parlait souvent à Mme de Chartres :

« Est-il possible, madame, lui disait-elle, qu'il y ait si longtemps que le Roi en soit amoureux? Comment s'est-il pu attacher à une personne qui était beaucoup plus âgée que lui, qui avait été maîtresse de son père, et qui l'est encore de beaucoup d'autres, à ce que j'ai ouï dire?

— Il est vrai, répondit-elle, que ce n'est ni le mérite, ni la fidélité de Mme de Valentinois, qui a fait naître la passion du Roi, ni qui l'a conservée, et c'est aussi en quoi il n'est pas excusable; car si cette femme avait eu de la jeunesse et de la beauté jointes à sa naissance, qu'elle eût eu le mérite de n'avoir jamais rien aimé; qu'elle eût aimé le Roi avec une fidélité exacte; qu'elle l'eût aimé par rapport à sa seule personne, sans intérêt de grandeur, ni de fortune, et sans se servir de son pouvoir que pour des choses honnêtes ou agréables au Roi même; il faut avouer qu'on aurait eu de la peine à s'empêcher de louer ce Prince du grand attachement qu'il a pour elle. Si je ne craignais, continua Mme de Chartres, que vous dissiez de moi ce que l'on dit de toutes les femmes de mon âge, qu'elles aiment à conter les histoires de leur temps, je vous apprendrais le commencement de la passion du Roi pour cette Duchesse, et plusieurs choses de la Cour du feu Roi, qui ont même beaucoup de rapport avec celles qui se passent encore présentement.

— Bien loin de vous accuser, reprit Mme de Clèves, de redire les histoires passées, je me plains, madame, que vous ne m'ayez pas instruite des présentes, et que vous ne m'ayez point appris les divers intérêts et les diverses liaisons de la Cour. Je les ignore si entièrement, que je croyais il y a peu de jours, que Monsieur le Connétable était fort bien avec la Reine.

— Vous aviez une opinion bien opposée à la vérité, répondit Mme de Chartres. La Reine hait Monsieur le Connétable, et si elle a jamais quelque pouvoir, il ne s'en apercevra que trop. Elle sait qu'il a dit plusieurs fois au Roi, que de tous ses enfants, il n'y avait que les naturels qui lui ressemblassent.

— Je n'eusse jamais soupçonné cette haine, interrompit Mme de Clèves, après avoir vu le soin que la Reine avait d'écrire à Monsieur le Connétable pendant sa prison, la joie qu'elle a témoignée à son retour, et comme elle l'appelle toujours mon compère, aussi bien que le Roi.

— Si vous jugez sur les apparences en ce lieu-ci, répondit Mme de Chartres, vous serez souvent trompée : ce qui paraît n'est presque jamais la vérité.

« Mais, pour revenir à Mme de Valentinois, vous savez qu'elle s'appelle Diane de Poitiers ; sa maison est très illustre, elle vient des anciens ducs d'Aquitaine, son aïeule était fille naturelle de Louis XI. Et enfin il n'y a rien que de grand dans sa naissance. Saint-Vallier son père, se trouva embarrassé dans l'affaire du connétable de Bourbon, dont vous avez ouï parler : il fut condamné à avoir la tête tranchée, et conduit sur l'échafaud. Sa fille dont la beauté était admirable, et qui avait déjà plu au feu Roi, fit si bien (je ne sais par quels moyens) qu'elle obtint la vie de son père. On lui porta sa grâce comme il n'attendait que le coup de la mort, mais la peur l'avait tellement saisi, qu'il n'avait plus de connaissance, et il mourut peu de jours après. Sa fille parut à la Cour comme la maîtresse du Roi. Le voyage d'Italie et la prison de ce Prince, interrompirent cette passion : lorsqu'il revint d'Espagne, et que Madame la Régente alla au-devant de lui à Bayonne, elle mena toutes ses filles, parmi lesquelles était Mlle de Pisseleu, qui a été depuis la duchesse d'Étampes. Le Roi en devint amoureux : elle était inférieure en naissance, en esprit et en beauté à Mme de Valentinois, et elle n'avait au-dessus d'elle que l'avantage de la grande jeunesse. Je lui ai ouï dire plusieurs fois, qu'elle était née le jour que Diane de Poitiers avait été mariée ; la haine le lui faisait dire, et non pas la vérité : car je suis bien trompée, si la duchesse de Valentinois n'épousa M. de

Brézé, grand sénéchal de Normandie, dans le même temps que le Roi devint amoureux de Mme d'Étampes. Jamais il n'y a eu une si grande haine que l'a été celle de ces deux femmes. La duchesse de Valentinois ne pouvait pardonner à Mme d'Étampes, de lui avoir ôté le titre de maîtresse du Roi. Mme d'Étampes avait une jalousie violente contre Mme de Valentinois, parce que le Roi conservait un commerce avec elle. Ce prince n'avait pas une fidélité exacte pour ses maîtresses ; il y en avait toujours une qui avait le titre et les honneurs, mais les Dames que l'on appelait de la petite bande, le partageaient tour à tour. La perte du Dauphin son fils, qui mourut à Tournon, et que l'on crut empoisonné, lui donna une sensible affliction. Il n'avait pas la même tendresse, ni le même goût pour son second fils, qui règne présentement ; il ne lui trouvait pas assez de hardiesse, ni assez de vivacité. Il s'en plaignit un jour à Mme de Valentinois, et elle lui dit qu'elle voulait le faire devenir amoureux d'elle, pour le rendre plus vif et plus agréable. Elle y réussit comme vous le voyez, il y a plus de vingt ans que cette passion dure, sans qu'elle ait été altérée ni par le temps, ni par les obstacles.

« Le feu Roi s'y opposa d'abord, et soit qu'il eût encore assez d'amour pour Mme de Valentinois pour avoir de la jalousie, ou qu'il fût poussé par la duchesse d'Étampes, qui était au désespoir que Monsieur le Dauphin fût attaché à son ennemie, il est certain qu'il vit cette passion avec une colère et un chagrin dont il donnait tous les jours des marques. Son fils ne craignit ni sa colère, ni sa haine, et rien ne put l'obliger à diminuer son attachement, ni à le cacher ; il fallut que le Roi s'accoutumât à le souffrir. Aussi cette opposition à ses volontés, l'éloigna encore de lui, et l'attacha davantage au duc d'Orléans, son troisième fils. C'était un Prince bien fait, beau, plein de feu et d'ambition, d'une jeunesse fougueuse, qui avait besoin d'être modéré ; mais qui eût fait aussi un Prince d'une grande élévation, si l'âge eût mûri son esprit.

« Le rang d'aîné qu'avait le Dauphin, et la faveur du Roi qu'avait le duc d'Orléans, faisaient entre eux une sorte d'émulation, qui allait jusqu'à la haine. Cette émulation avait commencé dès leur enfance, et s'était toujours conservée. Lorsque l'Empereur passa en France, il donna une préférence entière au duc d'Orléans sur Monsieur le Dauphin, qui la ressentit si vivement, que comme cet Empereur était à Chantilly, il voulut obliger Monsieur le Connétable à l'arrêter, sans attendre le commandement du Roi. Monsieur le Connétable ne le voulut pas ; le Roi le blâma dans la suite, de n'avoir pas suivi le conseil de son fils ; et lorsqu'il l'éloigna de la Cour, cette raison y eut beaucoup de part.

« La division des deux frères donna la pensée à la duchesse d'Étampes de s'appuyer de M. le duc d'Orléans, pour la soutenir auprès du Roi contre Mme de Valentinois. Elle y réussit : ce Prince sans être amoureux d'elle, n'entra guère moins dans ses intérêts, que le Dauphin était dans ceux de Mme de Valentinois. Cela fit deux cabales dans la Cour, telles que vous pouvez vous les imaginer ; mais ces intrigues ne se bornèrent pas seulement à des démêlés de femmes.

« L'Empereur qui avait conservé de l'amitié pour le duc d'Orléans, avait offert plusieurs fois de lui remettre le Duché de Milan. Dans les propositions qui se firent depuis pour la paix, il faisait espérer de lui donner les dix-sept Provinces, et de lui faire épouser sa fille. Monsieur le Dauphin ne souhaitait ni la paix, ni ce mariage. Il se servit de Monsieur le Connétable, qu'il a toujours aimé, pour faire voir au Roi de quelle importance il était, de ne pas donner à son successeur un frère aussi puissant que le serait un duc d'Orléans, avec l'alliance de l'Empereur, et les dix-sept Provinces. Monsieur le Connétable entra d'autant mieux dans les sentiments de Monsieur le Dauphin, qu'il s'opposait par là à ceux de Mme d'Étampes, qui était son ennemie déclarée, et qui souhaitait ardemment l'élévation de M. le duc d'Orléans.

« Monsieur le Dauphin commandait alors l'armée du Roi en Champagne, et avait réduit celle de l'Empereur en une telle extrémité, qu'elle eût péri entièrement, si la duchesse d'Étampes craignant que de trop grands avantages ne nous fissent refuser la paix et l'alliance de l'Empereur pour M. le duc d'Orléans, n'eût fait secrètement avertir les ennemis de surprendre Épernay et Château-Thierry, qui étaient pleins de vivres. Ils le firent, et sauvèrent par ce moyen toute leur armée.

« Cette Duchesse ne jouit pas longtemps du succès de sa trahison. Peu après, M. le duc d'Orléans mourut à Faremoutiers, d'une espèce de maladie contagieuse. Il aimait une des plus belles femmes de la Cour, et en était aimé. Je ne vous la nommerai pas, parce qu'elle a vécu depuis avec tant de sagesse, et qu'elle a même caché avec tant de soin, la passion qu'elle avait pour ce Prince, qu'elle a mérité que l'on conserve sa réputation. Le hasard fit qu'elle reçut la nouvelle de la mort de son mari, le même jour qu'elle apprit celle de M. d'Orléans ; de sorte qu'elle eut ce prétexte pour cacher sa véritable affliction, sans avoir la peine de se contraindre.

« Le Roi ne survécut guère le Prince son fils ; il mourut deux ans après. Il recommanda à Monsieur le Dauphin de se servir du cardinal de Tournon et de l'amiral d'Annebault, et ne parla point de Monsieur le Connétable, qui était pour lors relégué à Chantilly. Ce fut néanmoins la première chose que fit le Roi son fils, de le rappeler, et de lui donner le gouvernement des affaires.

« Mme d'Étampes fut chassée, et reçut tous les mauvais traitements qu'elle pouvait attendre d'une ennemie toute-puissante ; la duchesse de Valentinois se vengea alors pleinement, et de cette Duchesse, et de tous ceux qui lui avaient déplu. Son pouvoir parut plus absolu sur l'esprit du Roi, qu'il ne paraissait encore pendant qu'il était Dauphin. Depuis douze ans que ce Prince règne, elle est maîtresse absolue de toutes choses, elle dispose des Charges et des affaires ; elle a fait chasser le cardinal de Tournon, le chancelier Olivier, et Villeroy. Ceux qui ont voulu éclairer le Roi sur sa conduite, ont péri dans cette entreprise. Le comte de Taix, grand maître de l'Artillerie, qui ne l'aimait pas, ne put s'empêcher de parler de ses galanteries, et surtout de celle du comte de Brissac, dont le Roi avait déjà eu beaucoup de jalousie : néanmoins elle fit si bien, que le comte de Taix fut disgracié, on lui ôta sa Charge ; et ce qui est presque incroyable, elle la fit donner au comte de Brissac, et l'a fait ensuite Maréchal de France. La jalousie du Roi augmenta néanmoins d'une telle sorte, qu'il ne put souffrir que ce maréchal demeurât à la Cour : mais la jalousie qui est aigre et violente en tous les autres, est douce et modérée en lui par l'extrême respect qu'il a pour sa maîtresse ; en sorte qu'il n'osa éloigner son Rival que sur le prétexte de lui donner le Gouvernement de Piémont. Il y a passé plusieurs années ; il revint l'Hiver dernier, sur le prétexte de demander des Troupes et d'autres choses nécessaires pour l'Armée qu'il commande. Le désir de revoir Mme de Valentinois, et la crainte d'en être oublié, avait peut-être beaucoup de part à ce voyage. Le Roi le reçut avec une grande froideur. MM. de Guise qui ne l'aiment pas, mais qui n'osent le témoigner à cause de Mme de Valentinois, se servirent de Monsieur le Vidame, qui est son ennemi déclaré, pour empêcher qu'il n'obtînt aucune des choses, qu'il était venu demander. Il n'était pas difficile de lui nuire : le Roi le haïssait, et sa présence lui donnait de l'inquiétude ; de sorte qu'il fut contraint de s'en retourner sans remporter aucun fruit de son voyage, que d'avoir peut-être rallumé dans le cœur de Mme de Valentinois des sentiments que l'absence commençait d'éteindre. Le Roi a bien eu d'autres sujets de jalousie ; mais ou il ne les a pas connus, ou il n'a osé s'en plaindre.

« Je ne sais, ma fille, ajouta Mme de Chartres, si vous ne trouverez point que je vous ai plus appris de choses, que vous n'aviez envie d'en savoir.

— Je suis très éloignée, madame, de faire cette plainte, répondit Mme de Clèves, et, sans la peur de vous importuner, je vous demanderais encore plusieurs circonstances que j'ignore. »

La passion de M. de Nemours pour Mme de Clèves fut d'abord si violente, qu'elle lui ôta le goût, et même le souvenir de toutes les personnes qu'il avait aimées, et avec qui il avait conservé des commerces pendant son absence. Il ne prit pas seulement le soin de chercher des prétextes pour rompre avec elles ; il ne put se donner la patience d'écouter leurs plaintes, et de répondre à leurs reproches. Madame la Dauphine, pour qui il avait eu des sentiments assez passionnés, ne put tenir dans son cœur contre Mme de Clèves. Son impatience pour le voyage d'Angleterre commença même à se ralentir, et il ne pressa plus avec tant d'ardeur, les choses qui étaient nécessaires pour son départ. Il allait souvent chez la Reine Dauphine, parce que Mme de Clèves y allait souvent, et il n'était pas fâché de laisser imaginer ce que l'on avait cru de ses sentiments pour cette Reine. Mme de Clèves lui paraissait d'un si grand prix, qu'il se résolut de manquer plutôt à lui donner des marques de sa passion que de hasarder de la faire connaître au public. Il n'en parla pas même au vidame de Chartres, qui était son ami intime, et pour qui il n'avait rien de caché. Il prit une conduite si sage, et s'observa avec tant de soin, que personne ne le soupçonna d'être amoureux de Mme de Clèves, que le chevalier de Guise ; et elle aurait eu peine à s'en apercevoir elle-même, si l'inclination qu'elle avait pour lui ne lui eût donné une attention particulière pour ses actions, qui ne lui permît pas d'en douter.

Elle ne se trouva pas la même disposition à dire à sa mère ce qu'elle pensait des sentiments de ce Prince, qu'elle avait eue à lui parler de ses autres Amants, sans avoir un dessein formé de lui cacher, elle ne lui en parla point ; mais Mme de Chartres ne le voyait que trop, aussi bien que le penchant que sa fille avait pour lui. Cette connaissance lui donna une douleur sensible ; elle jugeait bien le péril où était cette jeune personne, d'être aimée d'un homme fait comme M. de Nemours, pour qui elle avait de l'inclination. Elle fut entièrement confirmée dans les soupçons qu'elle avait de cette inclination, par une chose qui arriva peu de jours après.

Le maréchal de Saint-André, qui cherchait toutes les occasions de faire voir sa magnificence, supplia le Roi sur le prétexte de lui montrer sa maison, qui ne venait que d'être achevée, de lui vouloir faire l'honneur d'y aller souper avec les Reines. Ce Maréchal était bien aise aussi de faire paraître aux yeux de Mme de Clèves cette dépense éclatante qui allait jusqu'à la profusion.

Quelques jours avant celui qui avait été choisi pour ce souper, le Roi Dauphin, dont la santé était assez mauvaise, s'était trouvé mal, et n'avait vu personne. La Reine sa femme avait passé tout le jour auprès de lui. Sur le soir, comme il se portait mieux, il fit entrer toutes les personnes de qualité qui étaient dans son antichambre. La Reine Dauphine s'en alla chez elle ; elle y trouva Mme de Clèves et quelques autres Dames qui étaient le plus dans sa familiarité.

Comme il était déjà assez tard, et qu'elle n'était point habillée, elle n'alla pas chez la Reine ; elle fit dire qu'on ne la voyait point, et fit apporter ses pierreries afin d'en choisir pour le bal du maréchal de Saint-André, et pour en donner à Mme de Clèves, à qui elle en avait promis. Comme elles étaient dans cette occupation, le prince de Condé arriva. Sa qualité lui rendait toutes les entrées libres. La Reine Dauphine lui dit, qu'il venait sans doute de chez le Roi son mari, et lui demanda ce que l'on y faisait.

« L'on dispute contre M. de Nemours, Madame, répondit-il, et il défend avec tant de chaleur la cause qu'il soutient, qu'il faut que ce soit la sienne. Je crois qu'il a quelque maîtresse qui lui donne de l'inquiétude quand elle est au bal, tant il trouve que c'est une chose fâcheuse pour un amant, que d'y voir la personne qu'il aime.

— Comment, reprit Madame la Dauphine, M. de Nemours ne veut pas que sa maîtresse aille au bal ? J'avais bien cru que les maris pouvaient souhaiter que leurs femmes n'y allassent pas ; mais pour les amants je n'avais jamais pensé qu'ils pussent être de ce sentiment.

— M. de Nemours trouve, répliqua le prince de Condé, que le bal est ce qu'il y a de plus insupportable pour les amants, soit qu'ils soient aimés, ou qu'ils ne le soient pas. Il dit que s'ils sont aimés, ils ont le chagrin de l'être moins pendant plusieurs jours ; qu'il n'y a point de femme que le soin de sa parure n'empêche de songer à son amant ; qu'elles en sont entièrement occupées ; que ce soin de se parer est pour tout le monde, aussi bien que pour celui qu'elles aiment ; que lorsqu'elles sont au bal elles veulent plaire à tous ceux qui les regardent ; que quand elles sont contentes de leur beauté, elles en ont une joie dont leur amant ne fait pas la plus grande partie. Il dit aussi, que quand on n'est point aimé on souffre encore davantage de voir sa maîtresse dans une assemblée ; que plus elle est admirée du public, plus on se trouve malheureux de n'en être point aimé ; que l'on craint toujours que sa beauté ne fasse naître quelque amour plus heureux que le sien : enfin il trouve, qu'il n'y a point de souffrance pareille à celle de voir sa maîtresse au bal, si ce n'est de savoir qu'elle y est, et de n'y être pas. »

Mme de Clèves ne faisait pas semblant d'entendre ce que disait le prince de Condé, mais elle l'écoutait avec attention. Elle jugeait aisément quelle part elle avait à l'opinion que soutenait M. de Nemours, et surtout à ce qu'il disait, du chagrin de n'être pas au bal où était sa maîtresse, parce qu'il ne devait pas être à celui du maréchal de Saint-André, et que le Roi l'envoyait au-devant du duc de Ferrare.

La Reine Dauphine riait avec le prince de Condé, et n'approuvait pas l'opinion de M. de Nemours.

« Il n'y a qu'une occasion, Madame, lui dit ce Prince, où M. de Nemours consente que sa maîtresse aille au bal, c'est alors que c'est lui qui le donne ; et il dit que l'année passée qu'il en donna un à Votre Majesté, il trouva que sa maîtresse lui faisait une faveur d'y venir, quoiqu'elle ne semblât que vous y suivre ; que c'est toujours faire une grâce à un amant, que d'aller prendre sa part d'un plaisir qu'il donne ; que c'est aussi une chose agréable pour l'amant, que sa maîtresse le voie le maître d'un lieu où est toute la Cour, et qu'elle le voie se bien acquitter d'en faire les honneurs.

— M. de Nemours avait raison, dit la Reine Dauphine, en souriant, d'approuver que sa maîtresse allât au bal. Il y avait alors un si grand nombre de femmes à qui il donnait cette qualité, que si elles n'y fussent point venues il y aurait eu peu de monde. »

Sitôt que le prince de Condé avait commencé à conter les sentiments de M. de Nemours sur le bal, Mme de Clèves avait senti une grande envie de ne point aller à celui du maréchal de Saint-André. Elle entra aisément dans l'opinion qu'il ne fallait pas aller chez un homme dont on était aimée, et elle fut bien aise d'avoir une raison de sévérité pour faire une chose qui était une faveur pour M. de Nemours ; elle emporta néanmoins la parure que lui avait donnée la Reine Dauphine ; mais le soir lorsqu'elle la montra à sa mère, elle lui dit qu'elle n'avait pas dessein de s'en servir ; que le maréchal de Saint-André prenait tant de soin de faire voir qu'il était attaché à elle, qu'elle ne doutait point qu'il ne voulût aussi faire croire qu'elle aurait part au divertissement qu'il devait donner au Roi, et que sous prétexte de faire l'honneur de chez lui, il lui rendrait des soins dont peut-être elle serait embarrassée.

Mme de Chartres combattit quelque temps l'opinion de sa fille, comme la trouvant particulière ; mais voyant qu'elle s'y opiniâtrait, elle s'y rendit, et lui dit qu'il fallait donc qu'elle fît la malade pour avoir un prétexte de n'y pas aller ; parce que les raisons qui l'en empêchaient ne seraient pas approuvées, et qu'il fallait même empêcher qu'on ne les soupçonnât. Mme de Clèves consentit volontiers à passer quelques jours chez elle, pour ne point aller dans un lieu où M. de Nemours ne devait pas être ; et il partit sans avoir le plaisir de savoir qu'elle n'irait pas.

Il revint le lendemain du bal, il sut qu'elle ne s'y était pas trouvée ; mais comme il ne savait pas que l'on eût redit devant elle la conversation de chez le Roi Dauphin, il était bien éloigné de croire qu'il fût assez heureux pour l'avoir empêchée d'y aller.

Le lendemain comme il était chez la Reine, et qu'il parlait à Madame la Dauphine, Mme de Chartres et Mme de Clèves y vinrent, et s'approchèrent de cette Princesse. Mme de Clèves était un peu négligée, comme une personne qui s'était trouvée mal ; mais son visage ne répondait pas à son habillement.

« Vous voilà si belle, lui dit Madame la Dauphine, que je ne saurais croire que vous ayez été malade. Je pense que M. le prince de Condé en vous contant l'avis de M. de Nemours sur le bal, vous a persuadée que vous feriez une faveur au maréchal de Saint-André, d'aller chez lui et que c'est ce qui vous a empêchée d'y venir. »

Mme de Clèves rougit, de ce que Madame la Dauphine devinait si juste, et de ce qu'elle disait devant M. de Nemours ce qu'elle avait deviné.

Mme de Chartres vit dans ce moment pourquoi sa fille n'avait pas voulu aller au bal ; et pour empêcher que M. de Nemours ne le jugeât aussi bien qu'elle, elle prit la parole avec un air qui semblait être appuyé sur la vérité.

« Je vous assure, Madame, dit-elle à Madame la Dauphine, que Votre Majesté fait plus d'honneur à ma fille qu'elle n'en mérite. Elle était véritablement malade ; mais je crois que si je ne l'en eusse empêchée, elle n'eût pas laissé de vous suivre et de se montrer, aussi changée qu'elle était, pour avoir le plaisir de voir tout ce qu'il y a eu d'extraordinaire au divertissement d'hier au soir. »

Madame la Dauphine crut ce que disait Mme de Chartres, M. de Nemours fut bien fâché d'y trouver de l'apparence ; néanmoins la rougeur de Mme de Clèves lui fit soupçonner que ce que Madame la Dauphine avait dit, n'était pas entièrement éloigné de la vérité. Mme de Clèves avait d'abord été fâchée que M. de Nemours eût eu lieu de croire que c'était lui qui l'avait empêchée d'aller chez le maréchal de Saint-André ; mais ensuite elle sentit quelque espèce de chagrin, que sa mère lui en eût entièrement ôté l'opinion.

Quoique l'assemblée de Cercamp eût été rompue, les négociations pour la Paix avaient toujours continué, et les choses s'y disposèrent d'une telle sorte, que sur la fin de février on se rassembla à Cateau-Cambrésis. Les mêmes Députés y retournèrent, et l'absence du maréchal de Saint-André défit M. de Nemours du Rival qui lui était plus redoutable tant par l'attention qu'il avait à observer ceux qui approchaient Mme de Clèves, que par le progrès qu'il pouvait faire auprès d'elle.

Mme de Chartres n'avait pas voulu laisser voir à sa fille, qu'elle connaissait ses sentiments pour ce Prince, de peur de se rendre suspecte sur les choses qu'elle avait envie de lui dire. Elle se mit un jour à parler de lui, elle lui en dit du bien, et y mêla beaucoup de louanges empoisonnées sur la sagesse qu'il avait d'être incapable de devenir amoureux, et sur ce qu'il ne se faisait qu'un plaisir, et non pas un attachement sérieux du commerce des femmes. « Ce n'est pas, ajouta-t-elle, que l'on ne l'ait soupçonné d'avoir une grande passion pour la Reine Dauphine ; je vois même qu'il y va très souvent, et je vous conseille d'éviter autant que vous pourrez, de lui parler, et surtout en particulier, parce que Madame la Dauphine vous traitant comme elle fait, on dirait bientôt que vous êtes leur confidente, et vous savez combien cette réputation est désagréable. Je suis d'avis, si ce bruit continue, que vous alliez un peu moins chez Madame la Dauphine, afin de ne vous pas trouver mêlée dans des aventures de galanterie. »

Mme de Clèves n'avait jamais ouï parler de M. de Nemours et de Madame la Dauphine, elle fut si surprise de ce que lui dit sa mère, et elle crut si bien voir combien elle s'était trompée dans tout ce qu'elle avait pensé des sentiments de ce Prince, qu'elle en changea de visage. Mme de Chartres s'en aperçut : il vint du monde dans ce moment, Mme de Clèves s'en alla chez elle, et s'enferma dans son cabinet.

L'on ne peut exprimer la douleur qu'elle sentit, de connaître par ce que lui venait de dire sa mère, l'intérêt qu'elle prenait à M. de Nemours : elle n'avait encore osé se l'avouer à elle-même. Elle vit alors que les sentiments qu'elle avait pour lui, étaient ceux que M. de Clèves lui avait tant demandés ; elle trouva combien il était honteux de les avoir pour un autre, que pour un mari qui les méritait. Elle se sentit blessée et embarrassée de la

crainte que M. de Nemours ne la voulût faire servir de prétexte à Madame la Dauphine, et cette pensée la détermina à conter à Mme de Chartres ce qu'elle ne lui avait point encore dit.

Elle alla le lendemain matin dans sa chambre pour exécuter ce qu'elle avait résolu ; mais elle trouva que Mme de Chartres avait un peu de fièvre, de sorte qu'elle ne voulut pas lui parler. Ce mal paraissait néanmoins si peu de chose, que Mme de Clèves ne laissa pas d'aller l'après-dînée chez Madame la Dauphine : elle était dans son cabinet avec deux ou trois Dames qui étaient le plus avant dans sa familiarité.

« Nous parlions de M. de Nemours, lui dit cette Reine en la voyant, et nous admirions combien il est changé depuis son retour de Bruxelles ; devant que d'y aller il avait un nombre infini de maîtresses, et c'était même un défaut en lui, car il ménageait également celles qui avaient du mérite, et celles qui n'en avaient pas ; depuis qu'il est revenu, il ne connaît ni les unes, ni les autres, il n'y a jamais eu un si grand changement ; je trouve même qu'il y en a dans son humeur, et qu'il est moins gai que de coutume. »

Mme de Clèves ne répondit rien ; et elle pensait avec honte, qu'elle aurait pris tout ce que l'on disait du changement de ce Prince, pour des marques de sa passion, si elle n'avait point été détrompée. Elle se sentait quelque aigreur contre Madame la Dauphine, de lui voir chercher des raisons et s'étonner d'une chose dont apparemment elle savait mieux la vérité que personne. Elle ne put s'empêcher de lui en témoigner quelque chose, et comme les autres Dames s'éloignèrent, elle s'approcha d'elle, et lui dit tout bas :

« Est-ce aussi pour moi, Madame, que vous venez de parler, et voudriez-vous me cacher que vous fussiez celle qui a fait changer de conduite à M. de Nemours ?

— Vous êtes injuste, lui dit Madame la Dauphine, vous savez que je n'ai rien de caché pour vous. Il est vrai que M. de Nemours, devant que d'aller à Bruxelles, a eu je crois, intention de me laisser entendre qu'il ne me haïssait pas ; mais depuis qu'il est revenu, il ne m'a pas même paru qu'il se souvînt des choses qu'il avait faites : et j'avoue que j'ai de la curiosité de savoir ce qui l'a fait changer. Il sera bien difficile que je ne le démêle, ajouta-t-elle, le vidame de Chartres qui est son ami intime, est amoureux d'une personne sur qui j'ai quelque pouvoir, et je saurai par ce moyen ce qui a fait ce changement. »

Madame la Dauphine parla d'un air qui persuada Mme de Clèves, et elle se trouva malgré elle dans un état plus calme et plus doux, que celui où elle était auparavant.

Lorsqu'elle revint chez sa mère, elle sut qu'elle était beaucoup plus mal qu'elle ne l'avait laissée. La fièvre lui avait redoublé, et les jours suivants elle augmenta de telle sorte, qu'il parut que ce serait une maladie considérable. Mme de Clèves était dans une affliction extrême, elle ne sortait point de la chambre de sa mère ; M. de Clèves y passait aussi presque tous les jours, et par l'intérêt qu'il prenait à Mme de Chartres, et pour empêcher sa femme de s'abandonner à la tristesse, mais pour avoir aussi le plaisir de la voir, sa passion n'était point diminuée.

M. de Nemours qui avait toujours eu beaucoup d'amitié pour lui, n'avait pas cessé de lui en témoigner depuis son retour de Bruxelles. Pendant la maladie de Mme de Chartres, ce Prince trouva le moyen de voir plusieurs fois Mme de Clèves, en faisant semblant de chercher son mari, ou de le venir prendre pour le mener promener. Il le cherchait même à des heures où il savait bien qu'il n'y était pas, et sous le prétexte de l'attendre, il demeurait dans l'antichambre de Mme de Chartres, où il y avait toujours plusieurs personnes de qualité. Mme de Clèves y venait souvent, et pour être affligée, elle n'en paraissait pas moins belle à M. de Nemours. Il lui faisait voir combien il prenait d'intérêt à son affliction, et il lui en parlait avec un air si doux et si soumis, qu'il la persuadait aisément que ce n'était pas de Madame la Dauphine dont il était amoureux.

Elle ne pouvait s'empêcher d'être troublée de sa vue, et d'avoir pourtant du plaisir à le voir ; mais quand elle ne le voyait plus, et qu'elle pensait que ce charme qu'elle trouvait dans sa vue, était le commencement des passions, il s'en fallait peu qu'elle ne crût le haïr par la douleur que lui donnait cette pensée.

Mme de Chartres empira si considérablement, que l'on commença à désespérer de sa vie ; elle reçut ce que les médecins lui dirent du péril où

elle était, avec un courage digne de sa vertu et de sa piété. Après qu'ils furent sortis, elle fit retirer tout le monde, et appeler Mme de Clèves.

« Il faut nous quitter ma fille, lui dit-elle, en lui tendant la main ; le péril où je vous laisse, et le besoin que vous avez de moi, augmentent le déplaisir que j'ai de vous quitter. Vous avez de l'inclination pour M. de Nemours ; je ne vous demande point de me l'avouer : je ne suis plus en état de me servir de votre sincérité pour vous conduire. Il y a déjà longtemps que je me suis aperçue de cette inclination ; mais je ne vous en ai pas voulu parler d'abord, de peur de vous en faire apercevoir vous-même. Vous ne la connaissez que trop présentement, vous êtes sur le bord du précipice : il faut de grands efforts et de grandes violences pour vous retenir. Songez ce que vous devez à votre mari ; songez ce que vous vous devez à vous-même, et pensez que vous allez perdre cette réputation que vous vous êtes acquise, et que je vous ai tant souhaitée. Ayez de la force et du courage, ma fille, retirez-vous de la Cour, obligez votre mari de vous emmener ; ne craignez point de prendre des partis trop rudes et trop difficiles, quelque affreux qu'ils vous paraissent d'abord, ils seront plus doux dans les suites, que les malheurs d'une galanterie. Si d'autres raisons que celles de la vertu et de votre devoir, vous pouvaient obliger à ce que je souhaite, je vous dirais que si quelque chose était capable de troubler le bonheur que j'espère en sortant de ce monde, ce serait de vous voir tomber comme les autres femmes ; mais si ce malheur vous doit arriver, je reçois la mort avec joie, pour n'en être pas le témoin. »

Mme de Clèves fondait en larmes sur la main de sa mère, qu'elle tenait serrée entre les siennes, et Mme de Chartres se sentant touchée elle-même :

« Adieu, ma fille, lui dit-elle, finissons une conversation qui nous attendrit trop l'une et l'autre, et souvenez-vous, si vous pouvez, de tout ce que je viens de vous dire. »

Elle se tourna de l'autre côté en achevant ces paroles, et commanda à sa fille d'appeler ses femmes sans vouloir l'écouter, ni parler davantage. Mme de Clèves sortit de la chambre de sa mère en l'état que l'on peut s'imaginer, et Mme de Chartres ne songea plus qu'à se préparer à la mort.

Elle vécut encore deux jours, pendant lesquels elle ne voulut plus revoir sa fille, qui était la seule chose à quoi elle se sentait attachée.

Mme de Clèves était dans une affliction extrême ; son mari ne la quittait point, et sitôt que Mme de Chartres fut expirée, il l'emmena à la campagne, pour l'éloigner d'un lieu qui ne faisait qu'aigrir sa douleur. On n'en a jamais vu de pareille ; quoique la tendresse et la reconnaissance y eussent la plus grande part, le besoin qu'elle sentait qu'elle avait de sa mère pour se défendre contre M. de Nemours ne laissait pas d'y en avoir beaucoup. Elle se trouvait malheureuse d'être abandonnée à elle-même, dans un temps où elle était si peu maîtresse de ses sentiments, et où elle eût tant souhaité d'avoir quelqu'un qui pût la plaindre et lui donner de la force. La manière dont M. de Clèves en usait pour elle, lui faisait souhaiter plus fortement que jamais, de ne manquer à rien de ce qu'elle lui devait. Elle lui témoignait aussi plus d'amitié et plus de tendresse qu'elle n'avait encore fait ; elle ne voulait point qu'il la quittât, et il lui semblait qu'à force de s'attacher à lui, il la défendrait contre M. de Nemours.

Ce Prince vint voir M. de Clèves à la campagne, il fit ce qu'il put pour rendre aussi une visite à Mme de Clèves ; mais elle ne le voulut point recevoir, et sentant bien qu'elle ne pouvait s'empêcher de le trouver aimable, elle avait fait une forte résolution de s'empêcher de le voir, et d'en éviter toutes les occasions qui dépendraient d'elle.

M. de Clèves vint à Paris pour faire sa cour, et promit à sa femme de s'en retourner le lendemain, il ne revint néanmoins que le jour d'après.

« Je vous attendis tout hier, lui dit Mme de Clèves lorsqu'il arriva ; et je vous dois faire des reproches de n'être pas venu comme vous me l'aviez promis. Vous savez que si je pouvais sentir une nouvelle affliction en l'état où je suis, ce serait la mort de Mme de Tournon, que j'ai apprise ce matin : j'en aurais été touchée quand je ne l'aurais point connue ; c'est toujours une chose digne de pitié, qu'une femme jeune et belle, comme celle-là, soit morte en deux jours ; mais de plus, c'était une des personnes du monde qui me plaisait davantage, et qui paraissait avoir autant de sagesse que de mérite.

— Je fus très fâché de ne pas revenir hier, répondit M. de Clèves, mais j'étais si nécessaire à la consolation d'un malheureux, qu'il m'était impossible de le quitter. Pour Mme de Tournon, je ne vous conseille pas d'en être affligée, si vous la regrettez comme une femme pleine de sagesse, et digne de votre estime.

— Vous m'étonnez, reprit Mme de Clèves, et je vous ai ouï dire plusieurs fois, qu'il n'y avait point de femme à la Cour que vous estimassiez davantage.

— Il est vrai, répondit-il, mais les femmes sont incompréhensibles ; et quand je les vois toutes, je me trouve si heureux de vous avoir, que je ne saurais assez admirer mon bonheur.

— Vous m'estimez plus que je ne vaux, répliqua Mme de Clèves en soupirant, et il n'est pas encore temps de me trouver digne de vous. Apprenez-moi, je vous en supplie, ce qui vous a détrompé de Mme de Tournon.

— Il y a longtemps que je le suis, répliqua-t-il, et que je sais qu'elle aimait le comte de Sancerre, à qui elle donnait des espérances de l'épouser.

— Je ne saurais croire, interrompit Mme de Clèves, que Mme de Tournon après cet éloignement si extraordinaire qu'elle a témoigné pour le mariage depuis qu'elle est veuve, et après les déclarations publiques qu'elle a faites, de ne se remarier jamais, ait donné des espérances à Sancerre.

— Si elle n'en eût donné qu'à lui, répliqua M. de Clèves, il ne faudrait pas s'étonner ; mais ce qu'il y a de surprenant, c'est qu'elle en donnait aussi à Estouteville dans le même temps : et je vais vous apprendre toute cette histoire. »

2ème partie

« Vous savez l'amitié qu'il y a entre Sancerre et moi ; néanmoins il devint amoureux de Mme de Tournon il y a environ deux ans, et me le cacha avec beaucoup de soin, aussi bien qu'à tout le reste du monde ; j'étais bien éloigné de le soupçonner. Mme de Tournon paraissait encore inconsolable de la mort de son mari, et vivait dans une retraite austère. La sœur de Sancerre était quasi la seule personne qu'elle vît, et c'était chez elle qu'il en était devenu amoureux.

« Un soir qu'il devait y avoir une Comédie au Louvre, et que l'on n'attendait plus que le Roi et Mme de Valentinois pour commencer, l'on vint dire qu'elle s'était trouvée mal, et que le Roi ne viendrait pas. On jugea aisément que le mal de cette Duchesse était quelque démêlé avec le Roi : nous savions les jalousies qu'il avait eues du maréchal de Brissac pendant qu'il avait été à la Cour, mais il était retourné en Piémont depuis quelques jours, et nous ne pouvions imaginer le sujet de cette brouillerie.

« Comme j'en parlais avec Sancerre, M. d'Anville arriva dans la Salle, et me dit tout bas que le Roi était dans une affliction et dans une colère qui faisaient pitié ; qu'en un raccommodement qui s'était fait entre lui et Mme de Valentinois, il y avait quelques jours, sur des démêlés qu'ils avaient eus pour le maréchal de Brissac, le Roi lui avait donné une bague, et l'avait priée de la porter ; que pendant qu'elle s'habillait pour venir à la Comédie, il avait remarqué qu'elle n'avait point cette bague, et lui en avait demandé la raison ; qu'elle avait paru étonnée de ne la pas avoir ; qu'elle l'avait demandée à ses femmes, lesquelles, par malheur, ou faute d'être bien instruites, avaient répondu qu'il y avait quatre ou cinq jours qu'elles ne l'avaient vue.

« Ce temps est précisément celui du départ du maréchal de Brissac, continua M. d'Anville ; le Roi n'a point douté qu'elle ne lui ait donné la bague, en lui disant adieu. Cette pensée a réveillé si vivement toute cette jalousie, qui n'était pas encore bien éteinte, qu'il s'est emporté contre son ordinaire, et lui a fait mille reproches. Il vient de rentrer chez lui très affligé, mais je ne sais s'il l'est davantage de l'opinion que Mme de Valentinois a sacrifié sa bague, que de la crainte de lui avoir déplu par sa colère.

« Sitôt que M. d'Anville eut achevé de me conter cette nouvelle, je me rapprochai de Sancerre pour la lui apprendre ; je la lui dis comme un secret que l'on venait de me confier, et dont je lui défendais de parler.

« Le lendemain matin j'allai d'assez bonne heure chez ma belle-sœur, je trouvai Mme de Tournon au chevet de son lit ; elle n'aimait pas Mme de Valentinois, et elle savait bien que ma belle-sœur n'avait pas sujet de s'en louer. Sancerre avait été chez elle au sortir de la Comédie. Il lui avait appris la brouillerie du Roi avec cette Duchesse, et Mme de Tournon était venue la conter à ma belle-sœur, sans savoir ou sans faire réflexion que c'était moi qui l'avais apprise à son amant.

« Sitôt que je m'approchai de ma belle-sœur, elle dit à Mme de Tournon, que l'on pouvait me confier ce qu'elle venait de lui dire, et sans attendre la permission de Mme de Tournon elle me conta mot pour mot tout ce que j'avais dit à Sancerre le soir précédent. Vous pouvez juger comme j'en fus étonné. Je regardai Mme de Tournon, elle me parut embarrassée. Son embarras me donna du soupçon ; je n'avais dit la chose qu'à Sancerre, il m'avait quitté au sortir de la Comédie sans m'en dire la raison ; je me souvins de lui avoir ouï extrêmement louer Mme de Tournon. Toutes ces choses m'ouvrirent les yeux, et je n'eus pas de peine à démêler qu'il avait une galanterie avec elle, et qu'il l'avait vue depuis qu'il m'avait quitté.

« Je fus si piqué de voir qu'il me cachait cette aventure, que je dis plusieurs choses qui firent connaître à Mme de Tournon l'imprudence qu'elle avait faite ; je la remis à son carrosse, et je l'assurai en la quittant, que j'enviais le bonheur de celui qui lui avait appris la brouillerie du Roi, et de Mme de Valentinois.

« Je m'en allai à l'heure même trouver Sancerre, je lui fis des reproches, et je lui dis que je savais sa passion pour Mme de Tournon, sans lui dire comment je l'avais découverte : il fut contraint de me l'avouer, je lui contai ensuite ce qui me l'avait apprise, et il m'apprit aussi le détail de leur aventure ; il me dit que quoiqu'il fût cadet de sa Maison, et très éloigné de pouvoir prétendre un aussi bon parti, que néanmoins elle était résolue de l'épouser. L'on ne peut être plus surpris que je le fus. Je dis à Sancerre de presser la conclusion de son mariage, et qu'il n'y avait rien qu'il ne dût craindre d'une femme qui avait l'artifice de soutenir aux yeux du public, un personnage si éloigné de la vérité. Il me répondit qu'elle avait été véritablement affligée, mais que l'inclination qu'elle avait eue pour lui avait surmonté cette affliction, et qu'elle n'avait pu laisser paraître tout d'un coup un si grand changement. Il me dit encore plusieurs autres raisons pour l'excuser, qui me firent voir à quel point il en était amoureux : il m'assura qu'il la ferait consentir que je susse la passion qu'il avait pour elle, puisque aussi bien c'était elle-même qui me l'avait apprise. Il l'y obligea en effet, quoique avec beaucoup de peine, et je fus ensuite très avant dans leur confidence.

« Je n'ai jamais vu une femme avoir une conduite si honnête et si agréable à l'égard de son amant ; néanmoins j'étais toujours choqué de son affectation à paraître encore affligée. Sancerre était si amoureux et si content de la manière dont elle en usait pour lui, qu'il n'osait quasi la presser de conclure leur mariage, de peur qu'elle ne crût qu'il le souhaitait plutôt par intérêt, que par une véritable passion. Il lui en parla toutefois, et elle lui parut résolue à l'épouser ; elle commença même à quitter cette retraite où elle vivait, et à se remettre dans le monde : elle venait chez ma belle-sœur à des heures où une partie de la Cour s'y trouvait. Sancerre n'y venait que rarement ; mais ceux qui y étaient tous les soirs et qui l'y voyaient souvent, la trouvaient très aimable.

« Peu de temps après qu'elle eut commencé à quitter sa solitude, Sancerre crut voir quelque refroidissement dans la passion qu'elle avait pour lui. Il m'en parla plusieurs fois, sans que je fisse aucun fondement sur ses plaintes; mais à la fin, comme il me dit qu'au lieu d'achever leur mariage elle semblait l'éloigner, je commençai à croire qu'il n'avait pas de tort d'avoir de l'inquiétude : je lui répondis que quand la passion de Mme de Tournon diminuerait après avoir duré deux ans, il ne faudrait pas s'en étonner; que quand même sans être diminuée elle ne serait pas assez forte pour l'obliger à l'épouser, qu'il ne devrait pas s'en plaindre; que ce mariage à l'égard du public, lui ferait un extrême tort, non seulement parce qu'il n'était pas un assez bon parti pour elle, mais par le préjudice qu'il apporterait à sa réputation : qu'ainsi tout ce qu'il pouvait souhaiter, était qu'elle ne le trompât point, et qu'elle ne lui donnât pas de fausses espérances. Je lui dis encore, que si elle n'avait pas la force de l'épouser, ou qu'elle lui avouât qu'elle en aimait quelque autre, il ne fallait point qu'il s'emportât, ni qu'il se plaignît; mais qu'il devrait conserver pour elle de l'estime et de la reconnaissance.

« Je vous donne, lui dis-je, le conseil que je prendrais pour moi-même; car la sincérité me touche d'une telle sorte, que je crois que si ma maîtresse et même ma femme m'avouait que quelqu'un lui plût, j'en serais affligé sans en être aigri. Je quitterais le personnage d'amant ou de mari, pour la conseiller et pour la plaindre. »

Ces paroles firent rougir Mme de Clèves, et elle y trouva un certain rapport avec l'état où elle était, qui la surprit, et qui lui donna un trouble dont elle fut longtemps à se remettre.

« Sancerre parla à Mme de Tournon, continua M. de Clèves, il lui dit tout ce que je lui avais conseillé; mais elle le rassura avec tant de soin, et parut si offensée de ses soupçons, qu'elle les lui ôta entièrement. Elle remit néanmoins leur mariage après un voyage qu'il allait faire et qui devait être assez long : mais elle se conduisit si bien jusqu'à son départ, et en parut si affligée que je crus aussi bien que lui qu'elle l'aimait véritablement. Il partit il y a environ trois mois; pendant son absence j'ai peu vu Mme de Tournon : vous m'avez entièrement occupé, et je savais seulement qu'il devait bientôt revenir.

« Avant-hier en arrivant à Paris, j'appris qu'elle était morte; j'envoyai savoir chez lui si on n'avait point eu de ses nouvelles : on me manda qu'il était arrivé dès la veille, qui était précisément le jour de la mort de

Mme de Tournon. J'allai le voir à l'heure même, me doutant bien de l'état où je le trouverais : mais son affliction passait de beaucoup ce que je m'en étais imaginé.

« Je n'ai jamais vu une douleur si profonde et si tendre ; dès le moment qu'il me vit il m'embrassa fondant en larmes : "Je ne la verrai plus, me dit-il, je ne la verrai plus, elle est morte, je n'en étais pas digne ; mais je la suivrai bientôt !"

« Après cela il se tut, et puis de temps en temps, redisant toujours : "Elle est morte, et je ne la verrai plus !" il revenait aux cris et aux larmes, et demeurait comme un homme qui n'avait plus de raison. Il me dit qu'il n'avait pas reçu souvent de ses Lettres pendant son absence, mais qu'il ne s'en était pas étonné, parce qu'il la connaissait, et qu'il savait la peine qu'elle avait à hasarder de ses Lettres. Il ne doutait point qu'il ne l'eût épousée à son retour ; il la regardait comme la plus aimable et la plus fidèle personne qui eût jamais été ; il s'en croyait tendrement aimé ; il la perdait dans le moment qu'il pensait s'attacher à elle pour jamais. Toutes ces pensées le plongeaient dans une affliction violente dont il était entièrement accablé ; et j'avoue que je ne pouvais m'empêcher d'en être touché.

« Je fus néanmoins contraint de le quitter pour aller chez le Roi ; je lui promis que je reviendrais bientôt. Je revins en effet, et je ne fus jamais si surpris, que de le trouver tout différent de ce que je l'avais quitté. Il était debout dans sa chambre avec un visage furieux, marchant et s'arrêtant comme s'il eût été hors de lui-même. "Venez, venez, me dit-il, venez voir l'homme du monde le plus désespéré ; je suis plus malheureux mille fois que je n'étais tantôt, et ce que je viens d'apprendre de Mme de Tournon est pire que sa mort."

« Je crus que la douleur le troublait entièrement ; et je ne pouvais m'imaginer qu'il y eût quelque chose de pire que la mort d'une maîtresse que l'on aime, et dont on est aimé. Je lui dis que tant que son affliction avait eu des bornes, je l'avais approuvée, et que j'y étais entré ; mais que je ne le plaindrais plus s'il s'abandonnait au désespoir, et s'il perdait la raison.

« “Je serais trop heureux de l’avoir perdue, et la vie aussi, s’écria-t-il : Mme de Tournon m’était infidèle, et j’apprends son infidélité et sa trahison le lendemain que j’ai appris sa mort, dans un temps où mon âme est remplie et pénétrée de la plus vive douleur et de la plus tendre amour que l’on ait jamais senties ; dans un temps où son idée est dans mon cœur comme la plus parfaite chose qui ait jamais été, et la plus parfaite à mon égard, je trouve que je me suis trompé, et qu’elle ne mérite pas que je la pleure ; cependant j’ai la même affliction de sa mort, que si elle m’était fidèle, et je sens son infidélité comme si elle n’était point morte. Si j’avais appris son changement devant sa mort, la jalousie, la colère, la rage, m’auraient rempli et m’auraient endurci en quelque sorte contre la douleur de sa perte ; mais je suis dans un état où je ne puis ni m’en consoler, ni la haïr.”

« Vous pouvez juger si je fus surpris de ce que me disait Sancerre ; je lui demandai comment il avait su ce qu’il venait de me dire. Il me conta qu’un moment après que j’étais sorti de sa chambre, Estouteville qui est son ami intime, mais qui ne savait pourtant rien de son amour pour Mme de Tournon, l’était venu voir ; que d’abord qu’il avait été assis, il avait commencé à pleurer, et qu’il lui avait dit qu’il lui demandait pardon de lui avoir caché ce qu’il lui allait apprendre ; qu’il le priait d’avoir pitié de lui ; qu’il venait lui ouvrir son cœur, et qu’il voyait l’homme du monde le plus affligé de la mort de Mme de Tournon.

« “Ce nom, me dit Sancerre, m’a tellement surpris, que quoique mon premier mouvement ait été de lui dire que j’en étais plus affligé que lui, je n’ai pas eu néanmoins la force de parler. Il a continué, et m’a dit qu’il était amoureux d’elle depuis six mois ; qu’il avait toujours voulu me le dire, mais qu’elle le lui avait défendu expressément, et avec tant d’autorité, qu’il n’avait osé lui désobéir ; qu’il lui avait plu quasi dans le même temps qu’il l’avait aimée ; qu’ils avaient caché leur passion à tout le monde ; qu’il n’avait jamais été chez elle publiquement ; qu’il avait eu le plaisir de la consoler de la mort de son mari ; et qu’enfin il l’allait épouser dans le temps qu’elle était morte, mais que ce mariage, qui était un effet de passion, aurait paru un effet de devoir et d’obéissance ; qu’elle avait gagné son père pour se faire commander de l’épouser, afin qu’il n’y eût pas un trop grand changement dans sa conduite, qui avait été si éloignée de se remarier.

« "Tant qu'Estouteville m'a parlé, me dit Sancerre, j'ai ajouté foi à ses paroles, parce que j'y ai trouvé de la vraisemblance, et que le temps où il m'a dit qu'il avait commencé à aimer Mme de Tournon est précisément celui où elle m'a paru changée ; mais un moment après je l'ai cru un menteur, ou du moins un visionnaire : j'ai été prêt à le lui dire, j'ai passé ensuite à vouloir m'éclaircir, je l'ai questionné, je lui ai fait paraître des doutes. Enfin j'ai tant fait pour m'assurer de mon malheur, qu'il m'a demandé si je connaissais l'écriture de Mme de Tournon. Il a mis sur mon lit quatre de ses Lettres, et son portrait ; mon frère est entré dans ce moment. Estouteville avait le visage si plein de larmes, qu'il a été contraint de sortir pour ne se pas laisser voir ; il m'a dit qu'il reviendrait ce soir requérir ce qu'il me laissait ; et moi je chassai mon frère, sur le prétexte de me trouver mal, par l'impatience de voir ces Lettres que l'on m'avait laissées, et espérant d'y trouver quelque chose qui ne me persuaderait pas tout ce qu'Estouteville venait de me dire. Mais hélas ! que n'y ai-je point trouvé ? Quelle tendresse ! quels serments ! quelles assurances de l'épouser ! quelles Lettres ! Jamais elle ne m'en a écrit de semblables. Ainsi ajouta-t-il, j'éprouve à la fois la douleur de la mort et celle de l'infidélité ; ce sont deux maux que l'on a souvent comparés, mais qui n'ont jamais été sentis en même temps par la même personne. J'avoue à ma honte, que je sens encore plus sa perte, que son changement ; je ne puis la trouver assez coupable pour consentir à sa mort. Si elle vivait, j'aurais le plaisir de lui faire des reproches, et de me venger d'elle en lui faisant connaître son injustice : mais je ne la verrai plus, reprenait-il, je ne la verrai plus ; ce mal est le plus grand de tous les maux : je souhaiterais de lui rendre la vie aux dépens de la mienne. Quel souhait ! Si elle revenait, elle vivrait pour Estouteville. Que j'étais heureux hier, s'écriait-il, que j'étais heureux ! j'étais l'homme du monde le plus affligé ; mais mon affliction était raisonnable, et je trouvais quelque douceur à penser que je ne devais jamais me consoler ; aujourd'hui tous mes sentiments sont injustes. Je paye à une passion feinte qu'elle a eue pour moi, le même tribut de douleur que je croyais devoir à une passion véritable. Je ne puis ni haïr, ni aimer sa

Je paye à une passion feinte
qu'elle a eue pour moi,
le même tribut de douleur
que je croyais devoir
à une passion véritable.

mémoire ; je ne puis me consoler ni m'affliger ; du moins, me dit-il, en se retournant tout d'un coup vers moi, faites je vous en conjure, que je ne voie jamais Estouteville ; son nom seul me fait horreur. Je sais bien que je n'ai nul sujet de m'en plaindre ; c'est ma faute de lui avoir caché que j'aimais Mme de Tournon ; s'il l'eût su il ne s'y serait peut-être pas attaché, elle ne m'aurait pas été infidèle ; il est venu me chercher pour me confier sa douleur, il me fait pitié. Hé ! c'est avec raison, s'écriait-il, il aimait Mme de Tournon, il en était aimé, et il ne la verra jamais ; je sens bien néanmoins que je ne saurais m'empêcher de le haïr. Et encore une fois, je vous conjure de faire en sorte que je ne le voie point."

« Sancerre se remit ensuite à pleurer, à regretter Mme de Tournon, à lui parler, et à lui dire les choses du monde les plus tendres : il repassa ensuite à la haine, aux plaintes, aux reproches, et aux imprécations contre elle. Comme je le vis dans un état si violent, je connus bien qu'il me fallait quelque secours pour m'aider à calmer son esprit : j'envoyai quérir son frère, que je venais de quitter chez le Roi ; j'allai lui parler dans l'antichambre avant qu'il entrât, et je lui contai l'état où était Sancerre. Nous donnâmes des ordres pour empêcher qu'il ne vît Estouteville, et nous employâmes une partie de la nuit à tâcher de le rendre capable de raison. Ce matin je l'ai encore trouvé plus affligé ; son frère est demeuré auprès de lui, et je suis revenu auprès de vous.

— L'on ne peut être plus surprise que je le suis, dit alors Mme de Clèves, et je croyais Mme de Tournon incapable d'amour et de tromperie.

— L'adresse et la dissimulation, reprit M. de Clèves, ne peuvent aller plus loin qu'elle les a portées. Remarquez que quand Sancerre crut qu'elle était changée pour lui, elle l'était véritablement, et qu'elle commençait à aimer Estouteville. Elle disait à ce dernier, qu'il la consolait de la mort de son mari, et que c'était lui qui était cause qu'elle quittait cette grande retraite, et il paraissait à Sancerre que c'était parce que nous avions résolu qu'elle ne témoignerait plus d'être si affligée. Elle faisait valoir à Estouteville de cacher leur intelligence, et de paraître obligée à l'épouser par le commandement de son père, comme un effet du soin qu'elle avait de sa réputation, et c'était pour abandonner Sancerre, sans qu'il eût sujet de s'en plaindre. Il faut que je m'en retourne, continua M. de Clèves, pour voir ce malheureux et je crois qu'il faut que vous reveniez aussi à Paris. Il est temps que vous voyiez le monde, et que vous receviez ce nombre infini de visites dont aussi bien vous ne sauriez vous dispenser. »

Mme de Clèves consentit à son retour, et elle revint le lendemain. Elle se trouva plus tranquille sur M. de Nemours qu'elle n'avait été ; tout ce que lui avait dit Mme de Chartres en mourant, et la douleur de sa mort, avaient fait une suspension à ses sentiments, qui lui faisait croire qu'ils étaient entièrement effacés.

Dès le même soir qu'elle fut arrivée, Madame la Dauphine la vint voir, et après lui avoir témoigné la part qu'elle avait prise à son affliction, elle lui dit que pour la détourner de ces tristes pensées, elle voulait l'instruire de tout ce qui s'était passé à la Cour en son absence ; elle lui conta ensuite plusieurs choses particulières.

« Mais ce que j'ai le plus d'envie de vous apprendre, ajouta-t-elle ; c'est qu'il est certain que M. de Nemours est passionnément amoureux, et que ses amis les plus intimes, non seulement ne sont point dans sa confidence ; mais qu'ils ne peuvent deviner qui est la personne qu'il aime. Cependant cet amour est assez fort pour lui faire négliger ou abandonner, pour mieux dire, les espérances d'une Couronne. »

Madame la Dauphine conta ensuite tout ce qui s'était passé sur l'Angleterre.

« J'ai appris ce que je viens de vous dire, continua-t-elle, de M. d'Anville, et il m'a dit ce matin que le Roi envoya quérir hier au soir M. de Nemours, sur des lettres de Lignerolles, qui demande à revenir, et qui écrit au Roi qu'il ne peut plus soutenir auprès de la reine d'Angleterre, les retardements de M. de Nemours ; qu'elle commence à s'en offenser, et qu'encore qu'elle n'eût point donné de parole positive, elle en avait assez dit pour faire hasarder un voyage. Le Roi lut cette lettre à M. de Nemours, qui au lieu de parler sérieusement, comme il avait fait dans les commencements, ne fit que rire, que badiner, et se moquer des espérances de Lignerolles. Il dit que toute l'Europe condamnerait son imprudence, s'il hasardait d'aller en Angleterre comme un prétendu mari de la Reine, sans être assuré du succès.

« “Il me semble aussi, ajouta-t-il, que je prendrais mal mon temps, de faire ce voyage présentement que le roi d’Espagne fait de si grandes instances pour épouser cette Reine. Ce ne serait peut-être pas un Rival bien redoutable dans une galanterie ; mais je pense que dans un mariage Votre Majesté ne me conseillerait pas de lui disputer quelque chose.

« — Je vous le conseillerais en cette occasion, reprit le Roi, mais vous n’aurez rien à lui disputer ; je sais qu’il a d’autres pensées, et quand il n’en aurait pas, la reine Marie s’est trop mal trouvée du joug de l’Espagne, pour croire que sa sœur le veuille reprendre, et qu’elle se laisse éblouir à l’éclat de tant de Couronnes jointes ensemble.

« — Si elle ne s’en laisse pas éblouir, repartit M. de Nemours, il y a apparence qu’elle voudra se rendre heureuse par l’amour. Elle a aimé le Milord Courtenay il y a déjà quelques années : il était aussi aimé de la reine Marie, qui l’aurait épousé du consentement de toute l’Angleterre, sans qu’elle connut que la jeunesse et la beauté de sa sœur Élisabeth le touchaient davantage que l’espérance de régner. Votre Majesté sait que les violentes jalousies qu’elle en eut, la portèrent à les mettre l’un et l’autre en prison, à exiler ensuite le Milord Courtenay, et la déterminèrent enfin à épouser le roi d’Espagne. Je crois qu’Élisabeth, qui est présentement sur le trône, rappellera bientôt ce Milord, et qu’elle choisira un homme qu’elle a aimé, qui est fort aimable, qui a tant souffert pour elle, plutôt qu’un autre qu’elle n’a jamais vu.

« — Je serais de votre avis, repartit le Roi, si Courtenay vivait encore ; mais j’ai su depuis quelques jours, qu’il est mort à Padoue, où il était relégué. Je vois bien, ajouta-t-il, en quittant M. de Nemours, qu’il faudrait faire votre mariage comme on ferait celui de Monsieur le Dauphin, et envoyer épouser la reine d’Angleterre par des Ambassadeurs.”

« M. d’Anville et Monsieur le Vidame, qui étaient chez le Roi avec M. de Nemours, sont persuadés que c’est cette même passion dont il est occupé, qui le détourne d’un si grand dessein. Le Vidame qui le voit de plus près que personne, a dit à Mme de Martigues, que ce Prince est tellement changé, qu’il ne le reconnaît plus ; et ce qui l’étonne davantage, c’est qu’il ne lui voit aucun commerce ni aucunes heures particulières où il se dérobe, en sorte qu’il croit qu’il n’a point d’intelligence avec la personne qu'il aime; et c'est ce qui fait méconnaître M. de Nemours de lui voir aimer une femme qui ne répond point à son amour. »

Quel poison pour Mme de Clèves, que le discours de Madame la Dauphine! Le moyen de ne se pas reconnaître pour cette personne dont on ne savait point le nom, et le moyen de n'être pas pénétrée de reconnaissance et de tendresse, en apprenant par une voie qui ne lui pouvait être suspecte, que ce Prince qui touchait déjà son cœur, cachait sa passion à tout le monde, et négligeait pour l'amour d'elle les espérances d'une Couronne; aussi ne peut-on représenter ce qu'elle sentit, et le trouble qui s'éleva dans son âme. Si Madame la Dauphine l'eût regardée avec attention, elle eût aisément remarqué que les choses qu'elle venait de dire ne lui étaient pas indifférentes; mais comme elle n'avait aucun soupçon de la vérité, elle continua de parler, sans y faire de réflexion.

« M. d'Anville, ajouta-t-elle, qui comme je vous viens de dire, m'a appris tout ce détail, m'en croit mieux instruite que lui; et il a une si grande opinion de mes charmes, qu'il est persuadé que je suis la seule personne qui puisse faire de si grands changements en M. de Nemours. »

Ces dernières paroles de Madame la Dauphine donnèrent une autre sorte de trouble à Mme de Clèves, que celui qu'elle avait eu quelques moments auparavant.

« Je serais aisément de l'avis de M. d'Anville, répondit-elle; et il y a beaucoup d'apparence, Madame, qu'il ne faut pas moins qu'une Princesse telle que vous, pour faire mépriser la reine d'Angleterre.

— Je vous l'avouerais si je le savais, repartit Madame la Dauphine, et je le saurais s'il était véritable. Ces sortes de passions n'échappent point à la vue de celles qui les causent; elles s'en aperçoivent les premières. M. de Nemours ne m'a jamais témoigné que de légères complaisances; mais il y a néanmoins une si grande différence de la manière dont il a vécu avec moi, à celle dont il y vit présentement, que je puis vous répondre que je ne suis pas la cause de l'indifférence qu'il a pour la Couronne d'Angleterre.

« Je m'oublie avec vous, ajouta Madame la Dauphine, et je ne me souviens pas qu'il faut que j'aille voir Madame. Vous savez que la paix est quasi conclue; mais vous ne savez pas que le roi d'Espagne n'a voulu

passer aucun article qu'à condition d'épouser cette Princesse, au lieu du prince Don Carlos son fils. Le Roi a eu beaucoup de peine à s'y résoudre; enfin il y a consenti, et il est allé tantôt annoncer cette nouvelle à Madame. Je crois qu'elle sera inconsolable; ce n'est pas une chose qui puisse plaire, d'épouser un homme de l'âge et de l'humeur du roi d'Espagne, surtout à elle, qui a toute la joie que donne la première jeunesse jointe à la beauté, et qui s'attendait d'épouser un jeune Prince pour qui elle a de l'inclination, sans l'avoir vu. Je ne sais si le Roi trouvera en elle toute l'obéissance qu'il désire; il m'a chargée de la voir, parce qu'il sait qu'elle m'aime, et qu'il croit que j'aurai quelque pouvoir sur son esprit. Je ferai ensuite une autre visite bien différente, j'irai me réjouir avec Madame sœur du Roi. Tout est arrêté pour son mariage avec M. de Savoie, et il sera ici dans peu de temps. Jamais personne de l'âge de cette Princesse n'a eu une joie si entière de se marier. La Cour va être plus belle et plus grosse qu'on ne l'a jamais vue; et malgré votre affliction il faut que vous veniez nous aider à faire voir aux Étrangers que nous n'avons pas de médiocres beautés. »

Après ces paroles Madame la Dauphine quitta Mme de Clèves, et le lendemain, le mariage de Madame fut su de tout le monde. Les jours suivants le Roi et les Reines allèrent voir Mme de Clèves. M. de Nemours qui avait attendu son retour avec une extrême impatience, et qui souhaitait ardemment de lui pouvoir parler sans témoins, attendit pour aller chez elle l'heure que tout le monde en sortirait, et qu'apparemment il ne reviendrait plus personne. Il réussit dans son dessein, et il arriva comme les dernières visites en sortaient.

Cette Princesse était sur son lit, il faisait chaud, et la vue de M. de Nemours acheva de lui donner une rougeur qui ne diminuait pas sa beauté. Il s'assit vis-à-vis d'elle, avec cette crainte et cette timidité que donnent les véritables passions. Il demeura quelque temps sans pouvoir parler. Mme de Clèves n'était pas moins interdite, de sorte qu'ils gardèrent assez longtemps le silence. Enfin M. de Nemours prit la parole, et lui fit des compliments sur son affliction, Mme de Clèves étant bien aise de continuer la conversation sur ce sujet, parla assez longtemps de la perte qu'elle avait faite; et enfin elle dit que quand le temps aurait diminué la violence de sa douleur, il lui en demeurerait toujours une si forte impression, que son humeur en serait changée.

« Les grandes afflictions et les passions violentes, repartit M. de Nemours, font de grands changements dans l'esprit ; et pour moi je ne me reconnais pas depuis que je suis revenu de Flandres. Beaucoup de gens ont remarqué ce changement, et même Madame la Dauphine m'en parlait encore hier.

— Il est vrai, repartit Mme de Clèves, qu'elle l'a remarqué, et je crois lui en avoir ouï dire quelque chose.

— Je ne suis pas fâché, madame, répliqua M. de Nemours, qu'elle s'en soit aperçue ; mais je voudrais qu'elle ne fût pas seule à s'en apercevoir. Il y a des personnes à qui on n'ose donner d'autres marques de la passion qu'on a pour elles, que par les choses qui ne les regardent point, et n'osant leur faire paraître qu'on les aime, on voudrait du moins qu'elles vissent que l'on ne veut être aimé de personne. L'on voudrait qu'elles sussent qu'il n'y a point de beauté dans quelque rang qu'elle pût être, que l'on ne regardât avec indifférence, et qu'il n'y a point de Couronne que l'on voulût acheter au prix de ne les voir jamais. Les femmes jugent d'ordinaire de la passion qu'on a pour elles, continua-t-il, par le soin qu'on prend de leur plaire et de les chercher ; mais ce n'est pas une chose difficile, pour peu qu'elles soient aimables ; ce qui est difficile, c'est de ne s'abandonner pas au plaisir de les suivre ; c'est de les éviter par la peur de laisser paraître au public, et quasi à elles-mêmes, les sentiments que l'on a pour elles. Et ce qui marque encore mieux un véritable attachement, c'est de devenir entièrement opposé à ce que l'on était, et de n'avoir plus d'ambition, ni de plaisirs, après avoir été toute sa vie occupé de l'un et de l'autre. »

Mme de Clèves entendait aisément la part qu'elle avait à ces paroles. Il lui semblait qu'elle devait y répondre, et ne les pas souffrir. Il lui semblait aussi qu'elle ne devait pas les entendre, ni témoigner qu'elle les prît pour elle : elle croyait devoir parler, et croyait ne devoir rien dire. Le discours de M. de Nemours lui plaisait et l'offensait quasi également ; elle y voyait la confirmation de tout ce que lui avait fait penser Madame la Dauphine, elle y trouvait quelque chose de galant et de respectueux ; mais aussi quelque chose de hardi et de trop intelligible. L'inclination qu'elle

avait pour ce Prince, lui donnait un trouble dont elle n'était pas maîtresse. Les paroles les plus obscures d'un homme qui plaît, donnent plus d'agitation, que des déclarations ouvertes d'un homme qui ne plaît pas. Elle demeurait donc sans répondre, et M. de Nemours se fût aperçu de son silence, dont il n'aurait peut-être pas tiré de mauvais présages, si l'arrivée de M. de Clèves n'eût fini la conversation et sa visite.

Ce Prince venait conter à sa femme des nouvelles de Sancerre, mais elle n'avait pas une grande curiosité pour la suite de cette aventure. Elle était si occupée de ce qui venait de se passer, qu'à peine pouvait-elle cacher la distraction de son esprit. Quand elle fut en liberté de rêver, elle connut bien qu'elle s'était trompée, lorsqu'elle avait cru n'avoir plus que de l'indifférence pour M. de Nemours. Ce qu'il lui avait dit avait fait toute l'impression qu'il pouvait souhaiter, et l'avait entièrement persuadée de sa passion. Les actions de ce Prince s'accordaient trop bien avec ses paroles, pour laisser quelque doute à cette Princesse. Elle ne se flatta plus de l'espérance de ne le pas aimer, elle songea seulement à ne lui en donner jamais aucune marque. C'était une entreprise difficile, dont elle connaissait déjà les peines ; elle savait que le seul moyen d'y réussir, était d'éviter la présence de ce Prince ; et comme son deuil lui donnait lieu d'être plus retirée que de coutume, elle se servit de ce prétexte pour n'aller plus dans les lieux où il la pouvait voir. Elle était dans une tristesse profonde ; la mort de sa mère en paraissait la cause, et l'on n'en cherchait point d'autre.

M. de Nemours était désespéré de ne la voir presque plus, et sachant qu'il ne la trouverait dans aucune assemblée, et dans aucun des divertissements ou était toute la Cour, il ne pouvait se résoudre d'y paraître, il feignit une grande passion pour la chasse, et il en faisait des parties les mêmes jours qu'il y avait des assemblées chez les Reines. Une légère maladie lui servit longtemps de prétexte pour demeurer chez lui, et pour éviter d'aller dans tous les lieux où il savait bien que Mme de Clèves ne serait pas.

M. de Clèves fut malade à peu près dans le même temps. Mme de Clèves ne sortit point de sa chambre pendant son mal ; mais quand il se porta mieux, qu'il vit du monde, et entre autres M. de Nemours, qui sur le prétexte d'être encore faible y passait la plus grande partie du jour, elle trouva qu'elle n'y pouvait plus demeurer, elle n'eut pas néanmoins la force d'en sortir les premières fois qu'il y vint. Il y avait trop longtemps qu'elle ne l'avait vu, pour se résoudre à ne le voir pas. Ce Prince trouva le moyen de lui faire entendre par des discours qui ne semblaient que généraux ; mais qu'elle entendait néanmoins, parce qu'ils avaient du rapport à ce qu'il lui avait dit chez elle ; qu'il allait à la chasse pour rêver, et qu'il n'allait point aux assemblées, parce qu'elle n'y était pas.

Elle exécuta enfin la résolution qu'elle avait prise de sortir de chez son mari lorsqu'il y serait ; ce fut toutefois en se faisant une extrême violence. Ce Prince vit bien qu'elle le fuyait, et en fut sensiblement touché.

M. de Clèves ne prit pas garde d'abord à la conduite de sa femme ; mais enfin il s'aperçut qu'elle ne voulait pas être dans sa chambre lorsqu'il y avait du monde. Il lui en parla, et elle lui répondit qu'elle ne croyait pas que la bienséance voulût qu'elle fût tous les soirs avec ce qu'il y avait de plus jeune à la Cour ; qu'elle le suppliait de trouver bon qu'elle fît une vie plus retirée qu'elle n'avait accoutumé ; que la vertu et la présence de sa mère autorisaient beaucoup de choses qu'une femme de son âge ne pouvait soutenir.

M. de Clèves qui avait naturellement beaucoup de douceur et de complaisance pour sa femme, n'en eut pas en cette occasion, et il lui dit qu'il ne voulait pas absolument qu'elle changeât de conduite. Elle fut prête de lui dire que le bruit était dans le monde, que M. de Nemours était amoureux d'elle ; mais elle n'eut pas la force de le nommer. Elle sentit aussi de la honte de se vouloir servir d'une fausse raison, et de déguiser la vérité à un homme qui avait si bonne opinion d'elle.

Quelques jours après, le Roi était chez la Reine à l'heure du Cercle ; l'on parla des Horoscopes, et des Prédictions. Les opinions étaient partagées sur la croyance que l'on y devait donner. La Reine y ajoutait beaucoup de foi ; elle soutint qu'après tant de choses qui avaient été prédites, et que l'on avait vu arriver, on ne pouvait douter qu'il n'y eût quelque certitude dans cette science. D'autres soutenaient que, parmi ce nombre infini de prédictions, le peu qui se trouvaient véritables, faisait bien voir que ce n'était qu'un effet du hasard.

« J'ai eu autrefois beaucoup de curiosité pour l'avenir, dit le Roi, mais on m'a dit tant de choses fausses et si peu vraisemblables, que je suis demeuré convaincu que l'on ne peut rien savoir de véritable. Il y a quelques années qu'il vint ici un homme d'une grande réputation dans l'Astrologie. Tout le monde l'alla voir, j'y allai comme les autres, mais sans lui dire qui j'étais, et je menai M. de Guise et d'Escars, je les fis passer les premiers. L'Astrologue néanmoins s'adressa d'abord à moi, comme s'il m'eût jugé le maître des autres : peut-être qu'il me connaissait ; cependant il me dit une chose qui ne me convenait pas, s'il m'eût connu. Il me prédit que je serais tué en duel. Il dit ensuite à M. de Guise, qu'il serait tué par-derrière ; et à d'Escars, qu'il aurait la tête cassée d'un coup de pied de cheval. M. de Guise s'offensa quasi de cette prédiction, comme si on l'eût accusé de devoir fuir. D'Escars ne fut guère satisfait de trouver qu'il devait finir par un accident si malheureux. Enfin nous sortîmes tous très mal contents de l'Astrologue. Je ne sais ce qui arrivera à M. de Guise et à d'Escars, mais il n'y a guère d'apparence que je sois tué en duel. Nous venons de faire la paix le roi d'Espagne et moi, et quand nous ne l'aurions pas faite, je doute que nous nous battions, et que je le fisse appeler comme le Roi mon père fit appeler Charles Quint. »

Après le malheur que le Roi conta qu'on lui avait prédit, ceux qui avaient soutenu l'Astrologie en abandonnèrent le parti, et tombèrent d'accord qu'il n'y fallait donner aucune croyance.

« Pour moi, dit tout haut M. de Nemours, je suis l'homme du monde qui doit le moins y en avoir » ; et se tournant vers Mme de Clèves, auprès de qui il était : « On m'a prédit, lui dit-il, tout bas, que je serais heureux par les bontés de la personne du monde pour qui j'aurais la plus violente et la plus respectueuse passion. Vous pouvez juger, madame, si je dois croire aux prédictions. »

Madame la Dauphine qui crut par ce que M. de Nemours avait dit tout haut, que ce qu'il disait tout bas était quelque fausse prédiction qu'on lui avait faite, demanda à ce Prince ce qu'il disait à Mme de Clèves. S'il eût eu moins de présence d'esprit, il eût été surpris de cette demande. Mais prenant la parole sans hésiter :

« Je lui disais, Madame, répondit-il, que l'on m'a prédit que je serais élevé à une si haute fortune, que je n'oserais même y prétendre.

— Si l'on ne vous a fait que cette prédiction, repartit Madame la Dauphine en souriant, et pensant à l'affaire d'Angleterre ; je ne vous conseille pas de décrier l'Astrologie, et vous pourriez trouver des raisons pour la soutenir. »

Mme de Clèves comprit bien ce que voulait dire Madame la Dauphine ; mais elle entendait bien aussi que la fortune dont M. de Nemours voulait parler, n'était pas d'être roi d'Angleterre.

Comme il y avait déjà assez longtemps de la mort de sa mère, il fallait qu'elle commençât à paraître dans le monde, et à faire sa cour comme elle avait accoutumé : elle voyait M. de Nemours chez Madame la Dauphine, elle le voyait chez M. de Clèves, où il venait souvent avec d'autres personnes de qualité de son âge, afin de ne se pas faire remarquer ; mais elle ne le voyait plus qu'avec un trouble dont il s'apercevait aisément.

Quelque application qu'elle eût à éviter ses regards, et à lui parler moins qu'à un autre, il lui échappait de certaines choses qui partaient d'un premier mouvement, qui faisaient juger à ce Prince qu'il ne lui était pas indifférent. Un homme moins pénétrant que lui, ne s'en fût peut-être pas aperçu ; mais il avait déjà été aimé tant de fois, qu'il était difficile qu'il ne connût pas quand on l'aimait. Il voyait bien que le chevalier de Guise était son Rival, et ce Prince connaissait que M. de Nemours était le sien. Il était le seul homme de la Cour qui eût démêlé cette vérité ; son intérêt l'avait rendu plus clairvoyant que les autres ; la connaissance qu'ils avaient de leurs sentiments, leur donnait une aigreur qui paraissait en toutes choses, sans éclater néanmoins par aucun démêlé, mais ils étaient opposés en tout. Ils étaient toujours de différent parti dans les courses de bague, dans les combats, à la barrière, et dans tous les divertissements où le Roi s'occupait ; et leur émulation était si grande qu'elle ne se pouvait cacher.

L'affaire d'Angleterre revenait souvent dans l'esprit de Mme de Clèves : il lui semblait que M. de Nemours ne résisterait point aux conseils du Roi et aux instances de Lignerolles. Elle voyait avec peine, que ce dernier n'était point encore de retour, et elle l'attendait avec impatience. Si elle eût suivi ses mouvements, elle se serait informée avec soin de l'état de cette affaire ; mais le même sentiment qui lui donnait de la curiosité, l'obligeait à la cacher, et elle s'enquérait seulement de la beauté, de l'esprit et de l'humeur de la reine Élisabeth. On apporta un de ses portraits chez le Roi, qu'elle trouva plus beau qu'elle n'avait envie de le trouver ; et elle ne put s'empêcher de dire qu'il était flatté.

« Je ne le crois pas, reprit Madame la Dauphine qui était présente ; cette Princesse a la réputation d'être belle, et d'avoir un esprit fort au-dessus du commun, et je sais bien qu'on me l'a proposée toute ma vie pour exemple. Elle doit être aimable si elle ressemble à Anne de Boulen sa mère. Jamais femme n'a eu tant de charmes et tant d'agrément dans sa personne et dans son humeur. J'ai ouï dire que son visage avait quelque chose de vif et de singulier, et qu'elle n'avait aucune ressemblance avec les autres beautés anglaises.

— Il me semble aussi, reprit Mme de Clèves, que l'on dit qu'elle était née en France.

— Ceux qui l'ont cru se sont trompés, répondit Madame la Dauphine, et je vais vous conter son histoire en peu de mots.

« Elle était d'une bonne maison d'Angleterre, Henri VIII avait été amoureux de sa sœur et de sa mère, et l'on a même soupçonné qu'elle était sa fille. Elle vint ici avec la sœur de Henri VII qui épousa le roi Louis XII. Cette Princesse qui était jeune et galante, eut beaucoup de peine à quitter la Cour de France après la mort de son mari ; mais Anne de Boulen qui avait les mêmes inclinations que sa maîtresse, ne se put résoudre à en partir. Le feu Roi en était amoureux, et elle demeura fille d'honneur de la reine Claude. Cette Reine mourut, et Madame Marguerite sœur du Roi, duchesse d'Alençon, et depuis reine de Navarre, dont vous avez vu les contes, la prit auprès d'elle, et elle prit auprès de cette Princesse les teintures de la Religion nouvelle. Elle retourna ensuite en Angleterre et y charma tout le monde ; elle avait les manières de France qui plaisent à toutes les Nations ; elle chantait bien, elle dansait admirablement ; on la mit fille de la reine Catherine d'Aragon, et le roi Henri VIII en devint éperdument amoureux.

« Le cardinal de Volsey son Favori et son premier Ministre, avait prétendu au Pontificat ; et mal satisfait de l'Empereur, qui ne l'avait pas soutenu dans cette prétention, il résolut de s'en venger, et d'unir le Roi son Maître à la France. Il mit dans l'esprit de Henri VIII que son mariage avec la tante de l'Empereur était nul, et lui proposa d'épouser la duchesse d'Alençon, dont le mari venait de mourir. Anne de Boulen, qui avait de l'ambition, regarda ce divorce comme un chemin qui la pouvait conduire au Trône. Elle commença à donner au roi d'Angleterre des impressions de la Religion de Luther, et engagea le feu Roi à favoriser à Rome le divorce de Henri, sur l'espérance du mariage de Mme d'Alençon. Le cardinal de Volsey se fit députer en France sur d'autres prétextes, pour traiter

cette affaire ; mais son Maître ne put se résoudre à souffrir qu'on en fît seulement la proposition, et il lui envoya un ordre à Calais, de ne point parler de ce mariage.

« Au retour de France, le cardinal de Volsey fut reçu avec des honneurs pareils à ceux que l'on rendait au Roi même ; jamais favori n'a porté l'orgueil et la vanité à un si haut point. Il ménagea une entrevue entre les deux Rois, qui se fit à Boulogne. François premier donna la main à Henri VIII qui ne la voulait point recevoir : ils se traitèrent tour à tour avec une magnificence extraordinaire, et se donnèrent des habits pareils à ceux qu'ils avaient fait faire pour eux-mêmes. Je me souviens d'avoir ouï dire, que ceux que le feu Roi envoya au roi d'Angleterre étaient de satin cramoisi, chamarré en triangle, avec des perles et des diamants, et la robe de velours blanc brodé d'or. Après avoir été quelques jours à Boulogne, ils allèrent encore à Calais : Anne de Boulen était logée chez Henri VIII avec le train d'une Reine, et François premier lui fit les mêmes présents et lui rendit les mêmes honneurs que si elle l'eût été. Enfin après une passion de neuf années, Henri l'épousa sans attendre la dissolution de son premier mariage, qu'il demandait à Rome depuis longtemps. Le Pape prononça les fulminations contre lui avec précipitation, et Henri en fut tellement irrité, qu'il se déclara Chef de la Religion, et entraîna toute l'Angleterre dans le malheureux changement où vous la voyez.

« Anne de Boulen ne jouit pas longtemps de sa grandeur ; car lorsqu'elle la croyait plus assurée par la mort de Catherine d'Aragon, un jour qu'elle assistait avec toute la Cour à des courses de bague que faisait le vicomte de Rochefort son frère, le Roi en fut frappé d'une telle jalousie, qu'il quitta brusquement le spectacle, s'en vint à Londres, et laissa ordre d'arrêter la Reine, le vicomte de Rochefort, et plusieurs autres, qu'il croyait amants ou confidents de cette Princesse. Quoique cette jalousie parût née dans ce moment, il y avait déjà quelque temps qu'elle lui avait été inspirée par la vicomtesse de Rochefort, qui ne pouvant souffrir la liaison étroite de son mari avec la Reine, la fit regarder au Roi comme une amitié criminelle ; en sorte que ce Prince, qui d'ailleurs était amoureux de Jeanne Seimer, ne songea qu'à se défaire d'Anne de Boulen. En moins de trois semaines il fit faire le procès à cette Reine et à son frère, leur fit couper la tête, et épousa Jeanne Seimer. Il eut ensuite plusieurs femmes, qu'il répudia, ou qu'il fit mourir, et entre autres Catherine Havard, dont la vicomtesse de Rochefort était confidente, et qui eut la tête coupée avec elle. Elle fut ainsi punie des crimes qu'elle avait supposés à Anne de Boulen, et Henri VIII mourut étant devenu d'une grosseur prodigieuse. »

Toutes les Dames qui étaient présentes au récit de Madame la Dauphine, la remercièrent de les avoir si bien instruites de la Cour d'Angleterre, et entre autres Mme de Clèves, qui ne put s'empêcher de lui faire encore plusieurs questions sur la reine Élisabeth.

La Reine Dauphine faisait faire des portraits en petit de toutes les belles personnes de la Cour, pour les envoyer à la Reine sa mère. Le jour qu'on achevait celui de Mme de Clèves, Madame la Dauphine vint passer l'après-dînée chez elle. M. de Nemours ne manqua pas de s'y trouver ; il ne laissait échapper aucune occasion de voir Mme de Clèves, sans laisser paraître néanmoins qu'il les cherchât. Elle était si belle ce jour-là, qu'il en serait devenu amoureux quand il ne l'aurait pas été. Il n'osait pourtant avoir les yeux attachés sur elle pendant qu'on la peignait, et il craignait de laisser trop voir le plaisir qu'il avait à la regarder.

Madame la Dauphine demanda à M. de Clèves un petit portrait qu'il avait de sa femme, pour le voir auprès de celui que l'on achevait : tout le monde dit son sentiment de l'un et de l'autre ; et Mme de Clèves ordonna au Peintre de raccommoder quelque chose à la coiffure de celui que l'on venait d'apporter. Le Peintre pour lui obéir ôta le portrait de la boîte où il était, et après y avoir travaillé il le remit sur la table.

Il y avait longtemps que M. de Nemours souhaitait d'avoir le portrait de Mme de Clèves. Lorsqu'il vit celui qui était à M. de Clèves, il ne put résister à l'envie de le dérober à un mari qu'il croyait tendrement aimé ; et il pensa que parmi tant de personnes qui étaient dans ce même lieu, il ne serait pas soupçonné plutôt qu'un autre.

Madame la Dauphine était assise sur le lit, et parlait bas à Mme de Clèves, qui était debout devant elle. Mme de Clèves aperçut par un des rideaux qui n'était qu'à demi fermé, M. de Nemours le dos contre la table, qui était au pied du lit ; et elle vit que sans tourner la tête, il prenait adroitement quelque chose sur cette table. Elle n'eut pas de peine à

deviner que c'était son portrait, et elle en fut si troublée, que Madame la Dauphine remarqua qu'elle ne l'écoutait pas, et lui demanda tout haut ce qu'elle regardait. M. de Nemours se tourna à ces paroles; il rencontra les yeux de Mme de Clèves qui étaient encore attachés sur lui, et il pensa qu'il n'était pas impossible qu'elle eût vu ce qu'il venait de faire.

Mme de Clèves n'était pas peu embarrassée, la raison voulait qu'elle demandât son portrait; mais en le demandant publiquement, c'était apprendre à tout le monde les sentiments que ce Prince avait pour elle, et en le lui demandant en particulier, c'était quasi l'engager à lui parler de sa passion; enfin elle jugea qu'il valait mieux le lui laisser, et elle fut bien aise de lui accorder une faveur qu'elle lui pouvait faire sans qu'il sût même qu'elle la lui faisait. M. de Nemours qui remarquait son embarras, et qui en devinait quasi la cause, s'approcha d'elle, et lui dit tout bas :

« Si vous avez vu ce que j'ai osé faire, ayez la bonté, madame, de me laisser croire que vous l'ignorez, je n'ose vous en demander davantage. » Et il se retira après ces paroles, et n'attendit point sa réponse.

Madame la Dauphine sortit pour s'aller promener, suivie de toutes les Dames, et M. de Nemours alla se renfermer chez lui, ne pouvant soutenir en public la joie d'avoir un portrait de Mme de Clèves. Il sentait tout ce que la passion peut faire sentir de plus agréable; il aimait la plus aimable personne de la Cour; il s'en faisait aimer malgré elle, et il voyait dans toutes ses actions cette sorte de trouble et d'embarras que cause l'amour dans l'innocence de la première jeunesse.

Le soir, on chercha ce portrait avec beaucoup de soin; comme on trouvait la boîte où il devait être, l'on ne soupçonna point qu'il eût été dérobé, et l'on crut qu'il était tombé par hasard. M. de Clèves était affligé de cette perte, et après qu'on eut encore cherché inutilement, il dit à sa femme; mais d'une manière qui faisait voir qu'il ne le pensait pas, qu'elle avait sans doute quelque amant caché à qui elle avait donné ce portrait, ou qui l'avait dérobé, et qu'un autre qu'un amant ne se serait pas contenté de la peinture sans la boîte.

Ces paroles quoique dites en riant, firent une vive impression dans l'esprit de Mme de Clèves : elles lui donnèrent des remords; elle fit réflexion à la violence de l'inclination qui l'entraînait vers M. de Nemours;

elle trouva qu'elle n'était plus maîtresse de ses paroles et de son visage ; elle pensa que Lignerolles était revenu ; qu'elle ne craignait plus l'affaire d'Angleterre ; qu'elle n'avait plus de soupçons sur Madame la Dauphine ; qu'enfin il n'y avait plus rien qui la pût défendre, et qu'il n'y avait de sûreté pour elle qu'en s'éloignant. Mais comme elle n'était pas maîtresse de s'éloigner, elle se trouvait dans une grande extrémité et prête à tomber dans ce qui lui paraissait le plus grand des malheurs, qui était de laisser voir à M. de Nemours l'inclination qu'elle avait pour lui. Elle se souvenait de tout ce que Mme de Chartres lui avait dit en mourant, et des conseils qu'elle lui avait donnés de prendre toutes sortes de partis, quelque difficiles qu'ils pussent être, plutôt que de s'embarquer dans une galanterie. Ce que M. de Clèves lui avait dit sur la sincérité en parlant de Mme de Tournon, lui revint dans l'esprit ; il lui sembla qu'elle lui devait avouer l'inclination qu'elle avait pour M. de Nemours. Cette pensée l'occupa longtemps ; ensuite elle fut étonnée de l'avoir eue, elle y trouva de la folie, et retomba dans l'embarras de ne savoir quel parti prendre.

La Paix était signée, Madame Élisabeth après beaucoup de répugnance, s'était résolue à obéir au Roi son père. Le duc d'Albe avait été nommé pour venir l'épouser au nom du Roi Catholique, et il devait bientôt arriver. L'on attendait le duc de Savoie qui venait épouser Madame sœur du Roi, et dont les noces se devaient faire en même temps. Le Roi ne songeait qu'à rendre ces noces célèbres par des divertissements où il pût faire paraître l'adresse et la magnificence de sa Cour. On proposa tout ce qui se pouvait faire de plus grand pour des Ballets et des Comédies ; mais le Roi trouva ces divertissements trop particuliers, et il en voulut d'un plus grand éclat. Il résolut de faire un Tournoi, où les Étrangers seraient reçus, et dont le peuple pourrait être spectateur. Tous les Princes et les jeunes Seigneurs entrèrent avec joie dans le dessein du Roi, et surtout le duc de Ferrare, M. de Guise et M. de Nemours, qui surpassaient tous les autres dans ces sortes d'exercices. Le Roi les choisit pour être avec lui les quatre tenants du tournoi.

L'on fit publier par tout le Royaume, qu'en la Ville de Paris le pas était ouvert au quinzième juin, par Sa Majesté Très Chrétienne, et par les Princes Alphonse d'Este duc de Ferrare, François de Lorraine duc de

Guise, et Jacques de Savoie duc de Nemours, pour être tenu contre tous venants, à commencer le premier combat à cheval en lice, en double pièce, quatre coups de lance, et un pour les Dames. Le deuxième combat à coups d'épée, un à un, ou deux à deux, à la volonté des Maîtres de Camp. Le troisième combat à pied, trois coups de pique et six coups d'épée ; que les tenants fourniraient de lances, d'épées, et de piques, au choix des assaillants ; et que si en courant on donnait au cheval, on serait mis hors des rangs. Qu'il y aurait quatre Maîtres de Camp pour donner les ordres, et que ceux des assaillants qui auraient le plus rompu et le mieux fait, auraient un prix dont la valeur serait à la discrétion des Juges ; que tous les assaillants, tant français qu'étrangers, seraient tenus de venir toucher à l'un des Écus qui seraient pendus au Perron au bout de la lice, ou à plusieurs, selon leur choix ; que là ils trouveraient un Officier d'armes qui les recevrait pour les enrôler selon leur rang et selon les Écus qu'ils auraient touchés ; que les assaillants seraient tenus de faire apporter par un Gentilhomme leur Écu, avec leurs armes, pour le pendre au Perron trois jours avant le commencement du Tournoi, qu'autrement ils n'y seraient point reçus sans le congé des tenants.

On fit faire une grande lice proche de la Bastille, qui venait du Château des Tournelles, qui traversait la rue Saint-Antoine, et qui allait rendre aux Écuries royales. Il y avait des deux côtés des Échafauds et des Amphithéâtres, avec des Loges couvertes, qui formaient des espèces de Galeries qui faisaient un très bel effet à la vue, et qui pouvaient contenir un nombre infini de personnes. Tous les Princes et Seigneurs ne furent plus occupés que du soin d'ordonner ce qui leur était nécessaire pour paraître avec éclat, et pour mêler dans leurs chiffres, ou dans leurs devises, quelque chose de galant qui eût rapport aux personnes qu'ils aimaient.

Peu de jours avant l'arrivée du duc d'Albe, le Roi fit une partie de paume avec M. de Nemours, le chevalier de Guise, et le vidame de Chartres. Les Reines les allèrent voir jouer, suivies de toutes les Dames, et entre autres, de Mme de Clèves. Après que la partie fut finie, comme l'on sortait du jeu de paume Chastelart s'approcha de la Reine Dauphine, et lui dit que le hasard lui venait de mettre entre les mains une Lettre de galanterie qui était tombée de la poche de M. de Nemours. Cette Reine qui avait toujours de la curiosité pour ce qui regardait ce Prince, dit à Chastelart de la lui donner ; elle la prit, et suivit la Reine sa belle-mère, qui s'en allait avec le Roi voir travailler à la lice. Après que l'on y eut été quelque temps, le Roi fit amener des chevaux qu'il avait fait venir depuis peu. Quoiqu'ils ne fussent pas encore dressés, il les voulut monter, et en fit donner à tous ceux qui l'avaient suivi. Le Roi et M. de Nemours se trouvèrent sur les plus fougueux ; ces chevaux se voulurent jeter l'un à l'autre. M. de Nemours par la crainte de blesser le Roi, recula brusquement, et porta son cheval contre un pilier du manège, avec tant de violence, que la secousse le fit chanceler. On courut à lui, et on le crut considérablement blessé. Mme de Clèves le crut encore plus blessé que les autres. L'intérêt qu'elle y prenait, lui donna une appréhension et un trouble qu'elle ne songea pas à cacher ; elle s'approcha de lui avec les Reines, et avec un visage si changé, qu'un homme moins intéressé que le chevalier de Guise, s'en fût aperçu ; aussi le remarqua-t-il aisément, et il eut bien plus d'attention à l'état où était Mme de Clèves, qu'à celui où était M. de Nemours. Le coup que ce Prince s'était donné lui causa un si grand éblouissement, qu'il demeura quelque temps la tête penchée sur ceux qui le soutenaient. Quand il la releva, il vit d'abord Mme de Clèves, il connut sur son visage la pitié qu'elle avait de lui, et il la regarda d'une sorte qui pût lui faire juger combien il en était touché. Il fit ensuite des remerciements aux Reines de la bonté qu'elles lui témoignaient, et des excuses de l'état où il avait été devant elles. Le Roi lui ordonna de s'aller reposer.

Mme de Clèves après être remise de la frayeur qu'elle avait eue, fit bientôt réflexion aux marques qu'elle en avait données. Le chevalier de Guise ne la laissa pas longtemps, dans l'espérance que personne ne s'en serait aperçu ; il lui donna la main pour la conduire hors de la lice.

« Je suis plus à plaindre que M. de Nemours, madame, lui dit-il ; pardonnez-moi si je sors de ce profond respect que j'ai toujours eu pour vous ; et si je vous fais paraître la vive douleur que je sens de ce que je viens de voir, c'est la première fois que j'ai été assez hardi pour vous parler, et ce sera aussi la dernière. La mort, ou du moins un éloignement éternel, m'ôteront d'un lieu où je ne puis plus vivre, puisque je viens de perdre la triste consolation de croire, que tous ceux qui osent vous regarder sont aussi malheureux que moi. »

Mme de Clèves ne répondit que quelques paroles mal arrangées, comme si elle n'eût pas entendu ce que signifiaient celles du chevalier de Guise. Dans un autre temps elle aurait été offensée qu'il lui eût parlé des sentiments qu'il avait pour elle ; mais dans ce moment elle ne sentit que l'affliction de voir qu'il s'était aperçu de ceux qu'elle avait pour M. de Nemours. Le chevalier de Guise en fut si convaincu et si pénétré de douleur, que dès ce jour, il prit la résolution de ne penser jamais à être aimé de Mme de Clèves. Mais pour quitter cette entreprise qui lui avait paru si difficile et si glorieuse, il en fallait quelque autre dont la grandeur pût l'occuper. Il se mit dans l'esprit de prendre Rhodes, dont il avait déjà eu quelque pensée ; et quand la mort l'ôta du monde dans la fleur de sa jeunesse, et dans le temps qu'il avait acquis la réputation d'un des plus grands Princes de son siècle, le seul regret qu'il témoigna de quitter la vie, fut de n'avoir pu exécuter une si belle résolution, dont il croyait le succès infaillible par tous les soins qu'il en avait pris.

Mme de Clèves en sortant de la lice alla chez la Reine, l'esprit bien occupé de ce qui s'était passé. M. de Nemours y vint peu de temps après, habillé magnifiquement, et comme un homme qui ne se sentait pas de l'accident qui lui était arrivé : il paraissait même plus gai que de coutume ; et la joie de ce qu'il croyait avoir vu, lui donnait un air qui augmentait encore son agrément. Tout le monde fut surpris lorsqu'il entra, et il n'y eut personne qui ne lui demandât de ses nouvelles, excepté Mme de Clèves, qui demeura auprès de la cheminée sans faire semblant de le voir. Le Roi sortit d'un cabinet où il était, et le voyant parmi les autres il l'appela pour lui parler de son aventure. M. de Nemours passa auprès de Mme de Clèves, et lui dit tout bas :

« J'ai reçu aujourd'hui des marques de votre pitié, madame ; mais ce n'est pas de celles dont je suis le plus digne. »

Mme de Clèves s'était bien doutée que ce Prince s'était aperçu de la sensibilité qu'elle avait eue pour lui, et ses paroles lui firent voir qu'elle ne s'était pas trompée. Ce lui était une grande douleur, de voir qu'elle n'était plus maîtresse de cacher ses sentiments, et de les avoir laissés paraître au chevalier de Guise. Elle en avait aussi beaucoup que M. de Nemours les connût ; mais cette dernière douleur n'était pas si entière, et elle était mêlée de quelque sorte de douceur.

La Reine Dauphine qui avait une extrême impatience de savoir ce qu'il y avait dans la Lettre que Chastelart lui avait donnée, s'approcha de Mme de Clèves :

« Allez lire cette Lettre, lui dit-elle, elle s'adresse à M. de Nemours, et selon les apparences elle est de cette maîtresse pour qui il a quitté toutes les autres : si vous ne la pouvez lire présentement, gardez-la, venez ce soir à mon coucher pour me la rendre, et pour me dire si vous en connaissez l'écriture. »

Madame la Dauphine quitta Mme de Clèves après ces paroles, et la laissa si étonnée et dans un si grand saisissement, qu'elle fut quelque temps sans pouvoir sortir de sa place. L'impatience et le trouble où elle était, ne lui permirent pas de demeurer chez la Reine, elle s'en alla chez elle, quoiqu'il ne fût pas l'heure où elle avait accoutumé de se retirer ; elle tenait cette Lettre avec une main tremblante, ses pensées étaient si confuses, qu'elle n'en avait aucune distincte, et elle se trouvait dans une sorte de douleur insupportable, qu'elle ne connaissait point, et qu'elle n'avait jamais sentie. Sitôt qu'elle fut dans son cabinet, elle ouvrit cette Lettre, et la trouva telle :

LETTRE

Je vous ai trop aimé pour vous laisser croire que le changement qui vous paraît en moi, soit un effet de ma légèreté ; je veux vous apprendre que votre infidélité en est la cause. Vous êtes bien surpris que je vous parle de votre infidélité ; vous me l'aviez cachée avec tant d'adresse, et j'ai pris tant de soin de vous cacher que je la savais, que vous avez raison d'être étonné qu'elle me soit connue. Je suis surprise moi-même, que j'aie pu ne vous en rien faire paraître. Jamais douleur n'a été pareille à la mienne : je croyais que vous aviez pour moi une passion violente, je ne vous cachais plus celle que j'avais pour vous ; et dans le temps que je vous la laissais voir tout entière, j'appris que vous me trompiez, que vous en aimiez une autre, et que selon toutes les apparences vous me sacrifiiez à cette nouvelle maîtresse. Je le sus le jour de la course de bague, c'est ce qui fit que je n'y allai point. Je feignis d'être malade pour cacher le désordre de mon esprit ; mais je le devins en effet, et mon corps ne put supporter une si violente agitation. Quand je commençai à me porter mieux, je feignis encore d'être fort mal, afin d'avoir un prétexte de ne vous point voir et de ne vous point écrire. Je voulus avoir du temps pour résoudre de quelle sorte j'en devais user avec vous ; je pris et je quittai vingt fois les mêmes résolutions ; mais enfin je vous trouvai indigne de voir ma douleur, et je résolus de ne vous la point faire paraître. Je voulus blesser votre orgueil, en vous faisant voir que ma passion s'affaiblissait d'elle-même. Je crus diminuer par là le prix du sacrifice que vous en faisiez, je ne voulus pas que vous eussiez le plaisir de montrer combien je vous aimais pour en paraître plus aimable. Je résolus de vous écrire des Lettres tièdes et languissantes, pour jeter dans l'esprit de celle à qui vous les donniez, que l'on cessait de vous aimer. Je ne voulus pas qu'elle eût le plaisir d'apprendre que je savais qu'elle triomphait de moi, ni augmenter son triomphe par mon désespoir et par mes reproches. Je pensais que je ne vous punirais pas assez en rompant avec vous, et que je ne vous donnerais qu'une légère douleur si je cessais de vous aimer lorsque vous ne m'aimiez plus. Je trouvai qu'il fallait que vous m'aimassiez pour sentir le mal de n'être point aimé, que j'éprouvais si cruellement. Je crus que si quelque chose pouvait rallumer les sentiments que vous aviez eus pour moi, c'était de vous faire voir que les miens étaient changés ; mais de vous le faire voir en feignant de vous le cacher, et comme si je n'eusse pas eu la force de vous l'avouer. Je m'arrêtai à cette résolution, mais qu'elle me fut difficile à prendre, et qu'en vous revoyant elle me parut impossible à exécuter ! Je fus prête cent fois à éclater par mes reproches et par mes pleurs ; l'état où j'étais encore par ma santé, me servit à vous déguiser mon trouble et mon affliction. Je fus soutenue ensuite par le plaisir de dissimuler avec vous, comme vous dissimuliez avec moi ; néanmoins je me faisais une si grande violence pour vous dire et pour vous écrire que je vous aimais, que vous vîtes plus tôt que je n'avais eu dessein de vous laisser voir, que mes sentiments étaient changés. Vous en fûtes blessé, vous vous en plaignîtes : je tâchais de vous rassurer ; mais c'était d'une manière si forcée, que vous en étiez encore mieux persuadé que je ne vous aimais plus : enfin je fis tout ce que j'avais eu intention de faire.

La bizarrerie de votre cœur vous fit revenir vers moi à mesure que vous voyiez que je m'éloignais de vous. J'ai joui de tout le plaisir que peut donner la vengeance ; il m'a paru que vous m'aimiez mieux que vous n'aviez jamais fait, et je vous ai fait voir que je ne vous aimais plus. J'ai eu lieu de croire que vous aviez entièrement abandonné celle pour qui vous m'aviez quittée. J'ai eu aussi des raisons pour être persuadée que vous ne lui aviez jamais parlé de moi ; mais votre retour et votre discrétion n'ont pu réparer votre légèreté. Votre cœur a été partagé entre moi et une autre, vous m'avez trompée ; cela suffit pour m'ôter le plaisir d'être aimée de vous, comme je croyais mériter de l'être, et pour me laisser dans cette résolution que j'ai prise de ne vous voir jamais, et dont vous êtes si surpris.

Mme de Clèves lut cette lettre et la relut plusieurs fois, sans savoir néanmoins ce qu'elle avait lu : elle voyait seulement que M. de Nemours ne l'aimait pas comme elle l'avait pensé, et qu'il en aimait d'autres qu'il trompait comme elle. Quelle vue et quelle connaissance pour une personne de son humeur, qui avait une passion violente, qui venait d'en donner des marques à un homme qu'elle en jugeait indigne, et à un autre qu'elle maltraitait pour l'amour de lui ! Jamais affliction n'a été si piquante et si vive : il lui semblait que ce qui faisait l'aigreur de cette affliction était ce qui s'était passé dans cette journée, et que si M. de Nemours n'eût point eu lieu de croire qu'elle l'aimait, elle ne se fût pas souciée qu'il en eût aimé une autre. Mais elle se trompait elle-même ; et ce mal qu'elle trouvait si insupportable, était la jalousie avec toutes les horreurs dont elle peut être accompagnée. Elle voyait par cette Lettre que M. de Nemours avait une galanterie depuis longtemps. Elle trouvait que celle qui avait écrit la Lettre avait de l'esprit et du mérite ; elle lui paraissait digne d'être aimée ; elle lui trouvait plus de courage qu'elle ne s'en trouvait à elle-même, et elle enviait la force qu'elle avait eue de cacher ses sentiments à M. de Nemours. Elle voyait par la fin de la Lettre, que cette personne se croyait aimée ; elle pensait que la discrétion que ce Prince lui avait fait paraître, et dont elle avait été si touchée, n'était peut-être que l'effet de la passion qu'il avait pour cette autre personne à qui il craignait de déplaire. Enfin elle pensait tout ce qui pouvait augmenter son affliction et son désespoir. Quels retours ne fit-elle point sur elle-même ! Quelles réflexions sur les conseils que sa mère lui avait donnés ! Combien se repentit-elle de ne s'être pas opiniâtrée à se séparer du commerce du monde, malgré M. de Clèves, ou de n'avoir pas suivi la pensée qu'elle avait eue de lui avouer l'inclination qu'elle avait pour M. de Nemours ! Elle trouvait qu'elle aurait mieux fait de la découvrir à un mari dont elle connaissait la bonté, et qui aurait eu intérêt à la cacher, que de la laisser voir à un homme qui en était indigne, qui la trompait, qui la sacrifiait peut-être, et qui ne pensait à être aimé d'elle, que par un sentiment d'orgueil et de vanité : enfin, elle trouva que tous les maux qui lui pouvaient arriver, et toutes les extrémités où elle se pouvait porter, étaient moindres que d'avoir laissé voir à M. de Nemours qu'elle l'aimait, et de connaître qu'il en aimait une autre. Tout ce qui la consolait était de penser au moins, qu'après cette connaissance elle n'avait plus rien à craindre d'elle-même, et qu'elle serait entièrement guérie de l'inclination qu'elle avait pour ce Prince.

Elle ne pensa guère à l'ordre que Madame la Dauphine lui avait donné de se trouver à son coucher, elle se mit au lit et feignit de se trouver mal ; en sorte que quand M. de Clèves revint de chez le Roi, on lui dit qu'elle était endormie ; mais elle était bien éloignée de la tranquillité qui conduit au sommeil. Elle passa la nuit sans faire autre chose que s'affliger et relire la Lettre qu'elle avait entre les mains.

Mme de Clèves n'était pas la seule personne dont cette Lettre troublait le repos. Le vidame de Chartres qui l'avait perdue, et non pas M. de Nemours, en était dans une extrême inquiétude ; il avait passé tout le soir chez M. de Guise, qui avait donné un grand souper au duc de Ferrare son beau-frère, et à toute la jeunesse de la Cour. Le hasard fit qu'en soupant on parla de jolies Lettres. Le vidame de Chartres dit qu'il en avait une sur lui plus jolie que toutes celles qui avaient jamais été écrites. On le pressa de la montrer : il s'en défendit. M. de Nemours lui soutint qu'il n'en avait point, et qu'il ne parlait que par vanité. Le Vidame lui répondit qu'il poussait sa discrétion à bout, que néanmoins il ne montrerait pas la Lettre ; mais qu'il en lirait quelques endroits qui feraient juger que peu d'hommes en recevaient de pareilles. En même temps il voulut prendre cette Lettre, et ne la trouva point ; il la chercha inutilement, on lui en fit la guerre ; mais il parut si inquiet, que l'on cessa de lui en parler. Il se retira plus tôt que les autres et s'en alla chez lui avec impatience, pour voir s'il n'y avait point laissé la Lettre qui lui manquait. Comme il la cherchait encore, un premier Valet de Chambre de la Reine le vint trouver, pour lui dire que la vicomtesse d'Uzès avait cru nécessaire de l'avertir en diligence que l'on avait dit chez la Reine qu'il était tombé une Lettre de galanterie de sa poche pendant qu'il était au jeu de paume ; que l'on avait raconté une grande partie de ce qui était dans la Lettre ; que la Reine avait témoigné beaucoup de curiosité de la voir ; qu'elle l'avait envoyé demander à un de ses Gentilshommes servants, mais qu'il avait répondu qu'il l'avait laissée entre les mains de Chastelart.

Le premier Valet de Chambre dit encore beaucoup d'autres choses au vidame de Chartres, qui achevèrent de lui donner un grand trouble. Il sortit à l'heure même pour aller chez un Gentilhomme qui était ami intime de Chastelart ; il le fit lever, quoique l'heure fût extraordinaire pour aller demander cette Lettre, sans dire qui était celui qui la demandait, et qui l'avait perdue. Chastelart qui avait l'esprit prévenu qu'elle était à M. de Nemours, et que ce Prince était amoureux de Madame la Dauphine, ne douta point que ce ne fût lui qui la faisait redemander. Il répondit avec une maligne joie, qu'il avait remis la Lettre entre les mains de la Reine Dauphine. Le Gentilhomme vint faire cette réponse au vidame de Chartres : elle augmenta l'inquiétude qu'il avait déjà, et y en joignit encore de nouvelles ; après avoir été longtemps irrésolu sur ce qu'il devait faire, il trouva qu'il n'y avait que M. de Nemours qui pût lui aider à sortir de l'embarras où il était.

Il s'en alla chez lui et entra dans sa chambre que le jour ne commençait qu'à paraître. Ce Prince dormait d'un sommeil tranquille ; ce qu'il avait vu le jour précédent de Mme de Clèves ne lui avait donné que des idées agréables. Il fut bien surpris de se voir éveillé par le vidame de Chartres, et il lui demanda si c'était pour se venger de ce qu'il lui avait dit pendant le souper, qu'il venait troubler son repos. Le Vidame lui fit bien juger par son visage, qu'il n'y avait rien que de sérieux au sujet qui l'amenait.

« Je viens vous confier la plus importante affaire de ma vie, lui dit-il. Je sais bien que vous ne m'en devez pas être obligé, puisque c'est dans un temps où j'ai besoin de votre secours ; mais je sais bien aussi que j'aurais perdu de votre estime, si je vous avais appris tout ce que je vais vous dire, sans que la nécessité m'y eût contraint. J'ai laissé tomber cette Lettre dont je parlais hier au soir ; il m'est d'une conséquence extrême, que personne ne sache qu'elle s'adresse à moi. Elle a été vue de beaucoup de gens qui étaient dans le jeu de paume où elle tomba hier ; vous y étiez aussi, et je vous demande en grâce, de vouloir bien dire que c'est vous qui l'avez perdue.

— Il faut que vous croyiez que je n'ai point de maîtresse, reprit M. de Nemours en souriant, pour me faire une pareille proposition, et pour vous imaginer qu'il n'y ait personne avec qui je me puisse brouiller en laissant croire que je reçois de pareilles Lettres.

— Je vous prie, dit le Vidame, écoutez-moi sérieusement. Si vous avez une maîtresse, comme je n'en doute point, quoique je ne sache pas qui elle est, il vous sera aisé de vous justifier, et je vous en donnerai les moyens infaillibles ; quand vous ne vous justifieriez pas auprès d'elle, il ne vous en peut coûter que d'être brouillé pour quelques moments ; mais moi par cette aventure, je déshonore une personne qui m'a passionnément aimé, et qui est une des plus estimables femmes du monde ; et d'un autre côté je m'attire une haine implacable, qui me coûtera ma fortune, et peut-être quelque chose de plus.

— Je ne puis entendre tout ce que vous me dites, répondit M. de Nemours ; mais vous me faites entrevoir que les bruits qui ont couru de l'intérêt qu'une grande Princesse prenait à vous, ne sont pas entièrement faux.

— Ils ne le sont pas aussi, repartit le vidame de Chartres ; et plût à Dieu qu'ils le fussent, je ne me trouverais pas dans l'embarras où je me trouve ; mais il faut vous raconter tout ce qui s'est passé, pour vous faire voir tout ce que j'ai à craindre.

« Depuis que je suis à la Cour, la Reine m'a toujours traité avec beaucoup de distinction et d'agrément, et j'avais eu lieu de croire qu'elle avait de la bonté pour moi ; néanmoins il n'y avait rien de particulier, et je n'avais jamais songé à avoir d'autres sentiments pour elle, que ceux du respect. J'étais même fort amoureux de Mme de Thémines ; il est aisé de juger en la voyant, qu'on peut avoir beaucoup d'amour pour elle quand on en est aimé, et je l'étais. Il y a près de deux ans que comme la Cour était à Fontainebleau, je me trouvai deux ou trois fois en conversation avec la Reine à des heures où il y avait très peu de monde. Il me parut que mon esprit lui plaisait, et qu'elle entrait dans tout ce que je disais. Un jour entre autres on se mit à parler de la confiance ; je dis qu'il n'y avait personne en qui j'en eusse une entière ; que je trouvais que l'on se repentait toujours d'en avoir, et que je savais beaucoup de choses dont je n'avais jamais parlé. La Reine me dit qu'elle m'en estimait davantage ; qu'elle n'avait trouvé personne en France qui eût du secret, et que c'était ce qui l'avait le plus embarrassée, parce que cela lui avait ôté le plaisir de donner sa confiance. Que c'était une chose nécessaire dans la vie, que d'avoir quelqu'un à qui on pût parler, et surtout pour les personnes de son rang. Les jours suivants elle reprit encore plusieurs fois la même conversation, elle m'apprit même des choses assez particulières qui se passaient. Enfin il me sembla qu'elle souhaitait de s'assurer de mon secret, et qu'elle avait envie de me confier les siens. Cette pensée m'attacha à elle, je fus touché de cette distinction, et je lui fis ma cour avec beaucoup plus d'assiduité, que je n'avais accoutumé. Un soir que le Roi et toutes les Dames s'étaient allés promener à cheval dans la Forêt, où elle n'avait pas voulu aller, parce qu'elle s'était trouvée un peu mal ; je demeurai auprès d'elle, elle descendit au bord de l'étang, et quitta la main de ses Écuyers pour marcher avec plus de liberté. Après qu'elle eut fait quelques tours, elle s'approcha de moi, et m'ordonna de la suivre. "Je veux vous parler, me dit-elle, et vous verrez par ce que je veux vous dire, que je suis de vos amies." Elle s'arrêta à ces paroles, et me regardant fixement : "Vous êtes amoureux, continua-t-elle, et, parce que vous ne vous fiez peut-être à personne, vous croyez que votre amour n'est pas su ; mais il est connu, et même des personnes intéressées. On vous observe, on sait les lieux où vous voyez votre maîtresse, on a dessein de vous y surprendre. Je ne sais qui elle est, je ne vous le demande point, et je veux seulement vous garantir des malheurs où vous pouvez tomber." Voyez, je vous prie, quel piège me tendait la Reine, et combien il était difficile de n'y pas tomber. Elle voulait savoir si j'étais amoureux ; et en ne me demandant point de qui je l'étais, et en ne me laissant voir que la seule intention de me faire plaisir, elle m'ôtait la pensée qu'elle me parlât par curiosité, ou par dessein.

« Cependant contre toutes sortes d'apparences, je démêlai la vérité. J'étais amoureux de Mme de Thémines ; mais quoiqu'elle m'aimât, je n'étais pas assez heureux pour avoir des lieux particuliers à la voir, et pour craindre d'y être surpris ; et ainsi je vis bien que ce ne pouvait être elle dont la Reine voulait parler. Je savais bien aussi que j'avais un commerce de galanterie avec une autre femme moins belle et moins sévère que Mme de Thémines, et qu'il n'était pas impossible que l'on eût découvert le lieu où je la voyais ; mais comme je m'en souciais peu, il m'était aisé de me mettre à couvert de toutes sortes de périls en cessant de la voir. Ainsi je pris le parti de ne rien avouer à la Reine, et de l'assurer au contraire, qu'il y avait très longtemps que j'avais abandonné le désir de me faire aimer des femmes dont je pouvais espérer de l'être, parce que je les trouvais quasi toutes indignes d'attacher un honnête homme, et qu'il n'y avait que quelque chose fort au-dessus d'elles qui pût m'engager. "Vous ne me répondez pas sincèrement, répliqua la Reine ; je sais le contraire de ce que vous me dites. La manière dont je vous parle, vous doit obliger à ne me rien cacher. Je veux que vous soyez de mes amis, continua-t-elle, mais je ne veux pas en vous donnant cette place, ignorer quels sont vos attachements. Voyez si vous la voulez acheter au prix de me les apprendre : je vous donne deux jours pour y penser ; mais après ce temps-là, songez bien à ce que vous me direz, et souvenez-vous que si dans la suite je trouve que vous m'ayez trompée, je ne vous le pardonnerai de ma vie."

« La Reine me quitta après m'avoir dit ces paroles, sans attendre ma réponse. Vous pouvez croire que je demeurai l'esprit bien rempli de ce qu'elle me venait de dire. Les deux jours qu'elle m'avait donnés pour y penser, ne me parurent pas trop longs pour me déterminer. Je voyais qu'elle voulait savoir si j'étais amoureux, et qu'elle ne souhaitait pas que je le fusse. Je voyais les suites et les conséquences du parti que j'allais prendre ; ma vanité n'était pas peu flattée d'une liaison particulière avec une Reine, et une Reine dont la personne est encore extrêmement aimable. D'un autre côté j'aimais Mme de Thémines, et quoique je lui fisse une espèce d'infidélité pour cette autre femme dont je vous ai parlé, je ne me pouvais résoudre à rompre avec elle. Je voyais aussi le péril où je m'exposais, en trompant la Reine, et combien il était difficile de la tromper ; néanmoins je ne pus me résoudre à refuser ce que la fortune m'offrait, et je pris le hasard de tout ce que ma mauvaise conduite pouvait m'attirer. Je rompis avec cette femme dont on pouvait découvrir le commerce, et j'espérai de cacher celui que j'avais avec Mme de Thémines.

« Au bout des deux jours que la Reine m'avait donnés, comme j'entrais dans la Chambre où toutes les Dames étaient au Cercle, elle me dit tout haut, avec un air grave qui me surprit : "Avez-vous pensé à cette affaire dont je vous ai chargé, et en savez-vous la vérité ?

« — Oui, Madame, lui répondis-je, et elle est comme je l'ai dite à Votre Majesté.

« — Venez ce soir à l'heure que je dois écrire, répliqua-t-elle, et j'achèverai de vous donner mes ordres." Je fis une profonde révérence sans rien répondre, et ne manquai pas de me trouver à l'heure qu'elle m'avait marquée. Je la trouvai dans la Galerie où était son Secrétaire et quelqu'une de ses femmes. Sitôt qu'elle me vit, elle vint à moi, et me mena à l'autre bout de la galerie. "Eh bien ! me dit-elle, est-ce après y avoir bien pensé, que vous n'avez rien à me dire, et la manière dont j'en use avec vous, ne mérite-t-elle pas que vous me parliez sincèrement ?

« — C'est parce que je vous parle sincèrement, Madame, lui répondis-je, que je n'ai rien à vous dire ; et je jure à Votre Majesté, avec tout le respect que je lui dois, que je n'ai d'attachement pour aucune femme de la Cour.

« — Je le veux croire, repartit la Reine, parce que je le souhaite ; et je le souhaite, parce que je désire que vous soyez entièrement attaché à moi, et qu'il serait impossible que je fusse contente de votre amitié si vous étiez amoureux. On ne peut se fier à ceux qui le sont, on ne peut s'assurer de leur secret. Ils sont trop distraits et trop partagés, et leur maîtresse leur fait une première occupation qui ne s'accorde point avec la manière dont je veux que vous soyez attaché à moi. Souvenez-vous donc, que c'est sur la parole que vous me donnez, que vous n'avez aucun engagement, que je vous choisis pour vous donner toute ma confiance. Souvenez-vous que je veux la vôtre tout entière ; que je veux que vous n'ayez ni ami, ni amie, que ceux qui me seront agréables, et que vous abandonniez tout autre soin que celui de me plaire. Je ne vous ferai pas perdre celui de votre fortune ; je la conduirai avec plus d'application que vous-même, et quoi que je fasse pour vous, je m'en tiendrai trop bien récompensée, si je vous trouve pour moi tel que je l'espère. Je vous choisis pour vous confier tous mes chagrins, et pour m'aider à les adoucir : vous pouvez juger qu'ils ne sont pas médiocres. Je souffre en apparence sans beaucoup de peine, l'attachement du Roi pour la duchesse de Valentinois ; mais il m'est insupportable. Elle gouverne le Roi, elle le trompe, elle me méprise, tous mes gens sont à elle. La Reine ma belle-fille, fière de sa beauté et du crédit de ses Oncles, ne me rend aucun devoir. Le connétable de Montmorency est maître du Roi et du Royaume ; il me hait, et m'a donné des marques de sa haine, que je ne puis oublier. Le maréchal de Saint-André est un jeune Favori audacieux, qui n'en use pas mieux avec moi que les autres. Le détail de mes malheurs vous ferait pitié ; je n'ai osé jusqu'ici me fier à personne, je me fie à vous, faites que je ne m'en repente point, et soyez ma seule consolation." Les yeux de la Reine rougirent en achevant ces paroles, je pensai me jeter à ses pieds tant je fus véritablement touché de la bonté qu'elle me témoignait. Depuis ce jour-là, elle eut en moi une entière confiance, elle ne fit plus rien sans m'en parler ; et j'ai conservé une liaison qui dure encore. »

3ème partie

« Cependant, quelque rempli et quelque occupé que je fusse de cette nouvelle liaison avec la Reine, je tenais à Mme de Thémines par une inclination naturelle que je ne pouvais vaincre : il me parut qu'elle cessait de m'aimer, et au lieu que si j'eusse été sage, je me fusse servi du changement qui paraissait en elle pour aider à me guérir ; mon amour en redoubla, et je me conduisais si mal, que la Reine eut quelque connaissance de cet attachement. La jalousie est naturelle aux personnes de sa nation, et peut-être que cette Princesse a pour moi des sentiments plus vifs qu'elle ne pense elle-même. Mais enfin le bruit que j'étais amoureux, lui donna de si grandes inquiétudes, et de si grands chagrins que je me crus cent fois perdu auprès d'elle. Je la rassurai enfin à force de soins, de soumissions, et de faux serments ; mais je n'aurais pu la tromper longtemps, si le changement de Mme de Thémines ne m'avait détaché d'elle, malgré moi. Elle me fit voir qu'elle ne m'aimait plus, et j'en fus si persuadé, que je fus contraint de ne la pas tourmenter davantage, et de la laisser en repos. Quelque temps après elle m'écrivit cette Lettre que j'ai perdue. J'appris par là qu'elle avait su le commerce que j'avais eu avec cette autre femme, dont je vous ai parlé, et que c'était la cause de son changement. Comme je n'avais plus rien alors qui me partageât, la Reine était assez contente de moi ; mais comme les sentiments que j'ai pour elle, ne sont pas d'une nature à me rendre incapable de tout autre attachement, et que l'on n'est pas amoureux par sa volonté, je le suis devenu de Mme de Martigues, pour qui j'avais déjà eu beaucoup d'inclination pendant qu'elle était Villemontais, fille de la Reine Dauphine. J'ai lieu de croire que je n'en suis pas haï : la discrétion que je lui fais paraître, et dont elle ne sait pas toutes les raisons, lui est agréable. La Reine n'a aucun soupçon sur son sujet ; mais elle en a un autre qui n'est guère moins fâcheux. Comme Mme de Martigues est toujours chez la Reine Dauphine : j'y vais aussi beaucoup plus souvent que de coutume. La Reine s'est imaginé que c'est de cette Princesse que je suis amoureux. Le Rang de la Reine Dauphine qui est égal au sien, et la beauté et la jeunesse qu'elle a au-dessus d'elle, lui donnent une jalousie qui va jusques à la fureur et une haine contre sa belle-fille qu'elle ne saurait plus cacher. Le cardinal de Lorraine, qui me paraît depuis longtemps aspirer aux bonnes grâces de la Reine, et qui voit bien que j'occupe une place qu'il voudrait remplir, sous prétexte de raccommoder Madame la Dauphine avec elle, est entré dans les différends qu'elles ont eus ensemble. Je ne doute pas qu'il n'ait démêlé le véritable sujet de l'aigreur de la Reine, et je crois qu'il me rend toutes sortes de mauvais offices, sans lui laisser voir qu'il a dessein de me les rendre. Voilà l'état où sont les choses à l'heure que je vous parle. Jugez quel effet peut produire la Lettre que j'ai perdue, et que mon malheur m'a fait mettre dans ma poche, pour la rendre à Mme de Thémines. Si la Reine voit cette Lettre, elle connaîtra que je l'ai trompée, et que presque dans le temps que je la trompais pour Mme de Thémines, je trompais Mme de Thémines pour une autre ; jugez quelle idée cela lui peut donner de moi, et si elle peut jamais se fier à mes paroles. Si elle ne voit point cette Lettre, que lui dirai-je ? Elle sait qu'on l'a remise entre les mains de Madame la Dauphine ; elle croira que Chastelart a reconnu l'écriture de cette Reine, et que la Lettre est d'elle ; elle s'imaginera que la personne dont on témoigne de la jalousie, est peut-être elle-même ; enfin il n'y a rien qu'elle n'ait lieu de penser, et il n'y a rien que je ne doive craindre de ses pensées. Ajoutez à cela que je suis vivement touché de Mme de Martigues ; qu'assurément Madame la Dauphine lui montrera cette Lettre qu'elle croira écrite depuis peu ; ainsi je serai également brouillé, et avec la personne du monde que j'aime le plus, et avec la personne du monde que je dois le plus craindre. Voyez après cela si je n'ai pas raison de vous conjurer de dire que la Lettre est à vous, et de vous demander en grâce de l'aller retirer des mains de Madame la Dauphine.

— Je vois bien, dit M. de Nemours, que l'on ne peut être dans un plus grand embarras que celui où vous êtes, et il faut avouer que vous le méritez. On m'a accusé de n'être pas un Amant fidèle, et d'avoir plusieurs galanteries à la fois ; mais vous me passez de si loin, que je n'aurais seulement osé imaginer les choses que vous avez entreprises. Pouviez-vous prétendre de conserver Mme de Thémines en vous engageant avec la Reine, et espériez-vous de vous engager avec la Reine et de la pouvoir tromper ? Elle est italienne et Reine, et par conséquent pleine de soupçons, de jalousie et d'orgueil : quand votre bonne fortune plutôt que votre bonne conduite vous a ôté des engagements où vous étiez, vous en avez pris de nouveaux, et vous vous êtes imaginé qu'au milieu de la Cour, vous pourriez aimer Mme de Martigues, sans que la Reine s'en aperçût. Vous ne pouviez prendre trop de soins de lui ôter la honte d'avoir fait les premiers pas. Elle a pour vous une passion violente : votre discrétion vous empêche de me le dire, et la mienne de vous le demander ; mais enfin elle vous aime, elle a de la défiance, et la vérité est contre vous.

— Est-ce à vous à m'accabler de réprimandes, interrompit le Vidame, et votre expérience ne vous doit-elle pas donner de l'indulgence pour mes fautes ? Je veux pourtant bien convenir que j'ai tort ; mais songez, je vous conjure, à me tirer de l'abîme où je suis. Il me paraît qu'il faudrait que vous vissiez la Reine Dauphine sitôt qu'elle sera éveillée pour lui redemander cette Lettre, comme l'ayant perdue.

— Je vous ai déjà dit, reprit M. de Nemours, que la proposition que vous me faites, est un peu extraordinaire, et que mon intérêt particulier m'y peut faire trouver des difficultés ; mais de plus, si l'on a vu tomber cette Lettre de votre poche, il me paraît difficile de persuader qu'elle soit tombée de la mienne.

— Je croyais vous avoir appris, répondit le Vidame, que l'on a dit à la Reine Dauphine que c'était de la vôtre qu'elle était tombée.

— Comment ! reprit brusquement M. de Nemours, qui vit dans ce moment les mauvais offices que cette méprise lui pouvait faire auprès de Mme de Clèves, l'on a dit à la Reine Dauphine que c'est moi qui ai laissé tomber cette lettre ?

— Oui, reprit le Vidame, on le lui a dit. Et ce qui a fait cette méprise, c'est qu'il y avait plusieurs Gentilshommes des Reines dans une des chambres du jeu de Paume, où étaient nos habits, et que vos gens et les miens les ont été quérir. En même temps la Lettre est tombée ; ces gentilshommes l'ont ramassée, et l'ont lue tout haut. Les uns ont cru qu'elle était à vous, et les autres à moi. Chastelart qui l'a prise, et à qui je viens de la faire demander, a dit qu'il l'avait donnée à la Reine Dauphine, comme une Lettre qui était à vous ; et ceux qui en ont parlé à la Reine, ont dit par malheur qu'elle était à moi ; ainsi vous pouvez faire aisément ce que je souhaite, et m'ôter de l'embarras où je suis. »

M. de Nemours avait toujours fort aimé le vidame de Chartres, et ce qu'il était à Mme de Clèves, le lui rendait encore plus cher. Néanmoins il ne pouvait se résoudre à prendre le hasard qu'elle entendît parler de cette Lettre, comme d'une chose où il avait intérêt. Il se mit à rêver profondément, et le Vidame se doutant à peu près du sujet de sa rêverie :

« Je vois bien, lui dit-il, que vous craignez de vous brouiller avec votre Maîtresse, et même vous me donneriez lieu de croire que c'est avec la Reine Dauphine, si le peu de jalousie que je vous vois de M. d'Anville ne m'en ôtait la pensée ; mais quoi qu'il en soit, il est juste que vous ne sacrifiiez pas votre repos au mien, et je veux bien vous donner les moyens de faire voir à celle que vous aimez, que cette Lettre s'adresse à moi, et non pas à vous : voilà un billet de Mme d'Amboise, qui est amie de Mme de Thémines, et à qui elle s'est fiée de tous les sentiments qu'elle a eus pour moi. Par ce billet elle me redemande cette Lettre de son amie, que j'ai perdue, mon nom est sur le billet ; et ce qui est dedans prouve sans aucun doute que la Lettre que l'on me redemande, est la même que l'on a trouvée. Je vous remets ce billet entre les mains, et je consens que vous le montriez à votre Maîtresse pour vous justifier. Je vous conjure de ne perdre pas un moment, et d'aller dès ce matin chez Madame la Dauphine. »

M. de Nemours le promit au vidame de Chartres, et prit le billet de Mme d'Amboise : néanmoins son dessein n'était pas de voir la Reine Dauphine, et il trouvait qu'il avait quelque chose de plus pressé à faire. Il ne doutait pas qu'elle n'eût déjà parlé de la Lettre à Mme de Clèves, et il

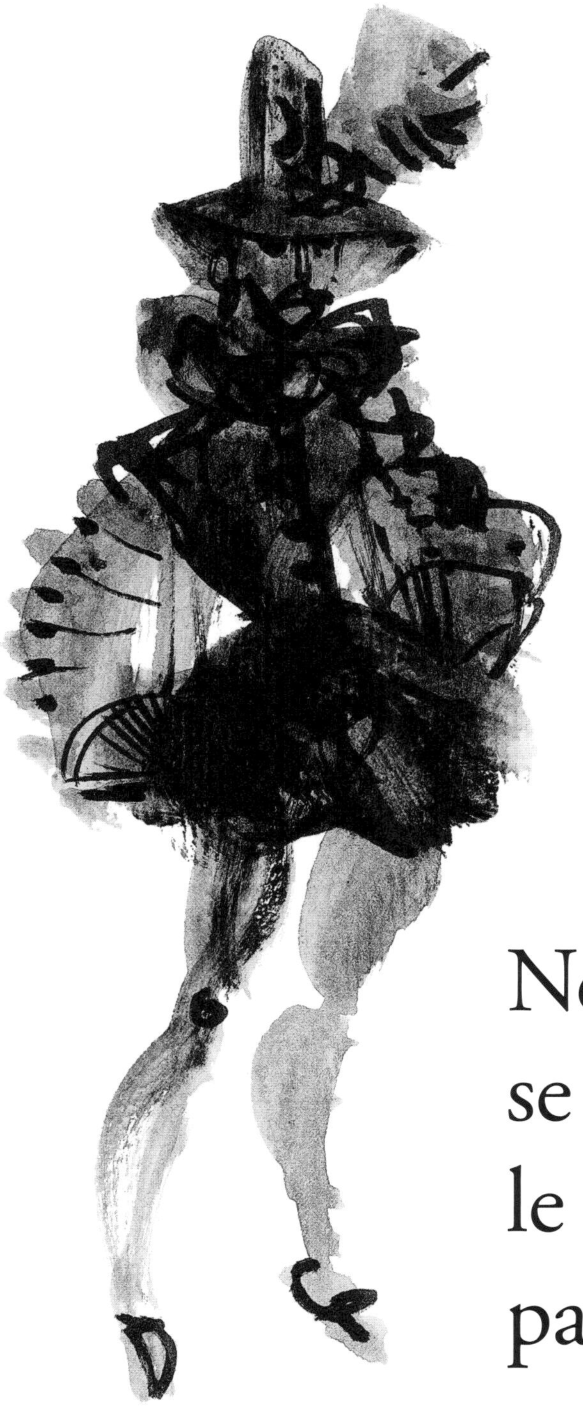

Néanmoins il ne pouvait
se résoudre à prendre
le hasard qu'elle entendît
parler de cette Lettre,
comme d'une chose
où il avait intérêt.

ne pouvait supporter qu'une personne, qu'il aimait si éperdument eût lieu de croire qu'il eût quelque attachement pour une autre.

Il alla chez elle à l'heure qu'il crut qu'elle pouvait être éveillée, et lui fit dire qu'il ne demanderait pas à avoir l'honneur de la voir à une heure si extraordinaire, si une affaire de conséquence ne l'y obligeait. Mme de Clèves était encore au lit, l'esprit aigri et agité de tristes pensées, qu'elle avait eues pendant la nuit. Elle fut extrêmement surprise, lorsqu'on lui dit que M. de Nemours la demandait ; l'aigreur où elle était, ne la fit pas balancer à répondre qu'elle était malade, et qu'elle ne pouvait lui parler.

Ce Prince ne fut pas blessé de ce refus, une marque de froideur dans un temps où elle pouvait avoir de la jalousie, n'était pas un mauvais augure. Il alla à l'appartement de M. de Clèves, et lui dit qu'il venait de celui de madame sa femme, qu'il était bien fâché de ne la pouvoir entretenir, parce qu'il avait à lui parler d'une affaire importante pour le vidame de Chartres. Il fit entendre en peu de mots à M. de Clèves la conséquence de cette affaire, et M. de Clèves le mena à l'heure même dans la chambre de sa femme. Si elle n'eût point été dans l'obscurité, elle eût eu peine à cacher son trouble et son étonnement de voir entrer M. de Nemours conduit par son mari. M. de Clèves lui dit qu'il s'agissait d'une Lettre, où l'on avait besoin de son secours pour les intérêts du Vidame, qu'elle verrait avec M. de Nemours ce qu'il y avait à faire, et que pour lui il s'en allait chez le Roi, qui venait de l'envoyer quérir.

M. de Nemours demeura seul auprès de Mme de Clèves, comme il le pouvait souhaiter.

« Je viens vous demander, madame, lui dit-il, si Madame la Dauphine ne vous a point parlé d'une lettre que Chastelart lui remit hier entre les mains.

— Elle m'en a dit quelque chose, répondit Mme de Clèves ; mais je ne vois pas ce que cette Lettre a de commun avec les intérêts de mon oncle, et je vous puis assurer qu'il n'y est pas nommé.

— Il est vrai, madame, répliqua M. de Nemours, il n'y est pas nommé, néanmoins elle s'adresse à lui, et il lui est très important que vous la retiriez des mains de Madame la Dauphine.

— J'ai peine à comprendre, reprit Mme de Clèves, pourquoi il lui importe que cette Lettre soit vue, et pourquoi il faut la redemander sous son nom.

— Si vous voulez vous donner le loisir de m'écouter, madame, dit M. de Nemours, je vous ferai bientôt voir la vérité, et vous apprendrez des choses si importantes pour Monsieur le Vidame que je ne les aurais pas même confiées à M. le prince de Clèves, si je n'avais eu besoin de son secours pour avoir l'honneur de vous voir.

— Je pense que tout ce que vous prendriez la peine de me dire, serait inutile, répondit Mme de Clèves avec un air assez sec, et il vaut mieux que vous alliez trouver la Reine Dauphine, et que sans chercher de détours, vous lui disiez l'intérêt que vous avez à cette Lettre, puisque aussi bien, on lui a dit qu'elle vient de vous. »

L'aigreur que M. de Nemours voyait dans l'esprit de Mme de Clèves lui donnait le plus sensible plaisir qu'il eût jamais eu, et balançait son impatience de se justifier.

« Je ne sais, madame, reprit-il, ce qu'on peut avoir dit à Madame la Dauphine ; mais je n'ai aucun intérêt à cette Lettre, et elle s'adresse à Monsieur le Vidame.

— Je le crois, répliqua Mme de Clèves ; mais on a dit le contraire à la Reine Dauphine, et il ne lui paraîtra pas vraisemblable que les Lettres de Monsieur le Vidame tombent de vos poches ; c'est pourquoi à moins que vous n'ayez quelque raison que je ne sais point, à cacher la vérité à la Reine Dauphine : je vous conseille de la lui avouer.

— Je n'ai rien à lui avouer, reprit-il, la lettre ne s'adresse pas à moi, et s'il y a quelqu'un que je souhaite d'en persuader, ce n'est pas Madame la Dauphine ; mais, madame, comme il s'agit en ceci de la fortune de Monsieur le Vidame, trouvez bon que je vous apprenne des choses qui sont même dignes de votre curiosité. »

Mme de Clèves témoigna par son silence qu'elle était prête à l'écouter, et M. de Nemours lui conta le plus succinctement qu'il lui fut possible, tout ce qu'il venait d'apprendre du Vidame. Quoique ce fussent des choses propres à donner de l'étonnement, et à être écoutées avec attention, Mme de Clèves les entendit avec une froideur si grande qu'il semblait qu'elle ne les crût pas véritables, ou qu'elles lui fussent indifférentes. Son esprit demeura dans cette situation, jusqu'à ce que M. de Nemours lui parlât du billet de Mme d'Amboise, qui s'adressait au vidame de Chartres, et qui était la preuve de tout ce qu'il lui venait de dire. Comme Mme de Clèves savait que cette femme était amie de Mme de Thémines, elle trouva une apparence de vérité à ce que lui disait M. de Nemours, qui lui fit penser que la Lettre ne s'adressait peut-être pas à lui. Cette pensée la tira tout d'un coup et malgré elle, de la froideur qu'elle avait eue jusqu'alors. Ce Prince, après lui avoir lu ce billet qui faisait sa justification, le lui présenta pour le lire, et lui dit qu'elle en pouvait connaître l'Écriture ; elle ne put s'empêcher de le prendre, de regarder le dessus pour voir s'il s'adressait au vidame de Chartres, et de le lire tout entier pour juger si la Lettre que l'on redemandait, était la même qu'elle avait entre les mains. M. de Nemours lui dit encore tout ce qu'il crut propre à la persuader ; et comme on persuade aisément une vérité agréable, il convainquit Mme de Clèves qu'il n'avait point de part à cette Lettre.

Elle commença alors à raisonner avec lui sur l'embarras et le péril où était le Vidame, à le blâmer de sa méchante conduite, à chercher les moyens de le secourir : elle s'étonna du procédé de la Reine, elle avoua à M. de Nemours qu'elle avait la Lettre, enfin sitôt qu'elle le crut innocent, elle entra avec un esprit ouvert, et tranquille dans les mêmes choses qu'elle semblait d'abord ne daigner pas entendre. Ils convinrent qu'il ne fallait point rendre la Lettre à la Reine Dauphine, de peur qu'elle ne la montrât à Mme de Martigues, qui connaissait l'écriture de Mme de Thémines, et qui aurait aisément deviné par l'intérêt qu'elle prenait au Vidame, qu'elle s'adressait à lui. Ils trouvèrent aussi qu'il ne fallait pas confier à la Reine Dauphine, tout ce qui regardait la Reine sa belle-mère. Mme de Clèves sous le prétexte des affaires de son oncle, entrait avec plaisir à garder tous les secrets que M. de Nemours lui confiait.

Ce Prince ne lui eût pas toujours parlé des intérêts du Vidame, et la liberté où il se trouvait de l'entretenir, lui eût donné une hardiesse qu'il n'avait encore osé prendre, si l'on ne fût venu dire à Mme de Clèves, que la Reine Dauphine lui ordonnait de l'aller trouver. M. de Nemours fut contraint de se retirer ; il alla trouver le Vidame pour lui dire qu'après

l'avoir quitté il avait pensé qu'il était plus à propos de s'adresser à Mme de Clèves qui était sa nièce, que d'aller droit à Madame la Dauphine. Il ne manqua pas de raisons pour faire approuver ce qu'il avait fait et pour en faire espérer un bon succès.

Cependant Mme de Clèves s'habilla en diligence pour aller chez la Reine ; à peine parut-elle dans sa chambre que cette Princesse la fit approcher, et lui dit tout bas :

« Il y a deux heures que je vous attends, et jamais je n'ai été si embarrassée à déguiser la vérité que je l'ai été ce matin. La Reine a entendu parler de la Lettre que je vous donnai hier, elle croit que c'est le vidame de Chartres qui l'a laissée tomber. Vous savez qu'elle y prend quelque intérêt : elle a fait chercher cette Lettre, elle l'a fait demander à Chastelart ; il a dit qu'il me l'avait donnée : on me l'est venu demander sur le prétexte que c'était une jolie Lettre qui donnait de la curiosité à la Reine. Je n'ai osé dire que vous l'aviez, je crus qu'elle s'imaginerait que je vous l'avais mise entre les mains à cause du Vidame votre oncle, et qu'il y aurait une grande intelligence entre lui et moi. Il m'a déjà paru qu'elle souffrait avec peine qu'il me vît souvent, de sorte que j'ai dit que la Lettre était dans les habits que j'avais hier, et que ceux qui en avaient la clef, étaient sortis. Donnez-moi promptement cette lettre, ajouta-t-elle, afin que je la lui envoie, et que je la lise avant que de l'envoyer pour voir si je n'en connaîtrai point l'Écriture. »

Mme de Clèves se trouva encore plus embarrassée qu'elle n'avait pensé.

« Je ne sais, Madame, comment vous ferez, répondit-elle, car M. de Clèves à qui je l'avais donnée à lire, l'a rendue à M. de Nemours qui est venu dès ce matin le prier de vous la redemander. M. de Clèves a eu l'imprudence de lui dire qu'il l'avait, et il a eu la faiblesse de céder aux prières que M. de Nemours lui a faites de la lui rendre.

— Vous me mettez dans le plus grand embarras où je puisse jamais être, repartit Madame la Dauphine, et vous avez tort d'avoir rendu cette lettre à M. de Nemours ; puisque c'était moi qui vous l'avais donnée, vous ne deviez point la rendre sans ma permission. Que voulez-vous que je dise à la Reine, et que pourra-t-elle s'imaginer ? Elle croira et avec apparence que cette Lettre me regarde, et qu'il y a quelque chose entre le Vidame et moi. Jamais on ne lui persuadera que cette Lettre soit à M. de Nemours.

— Je suis très affligée, répondit Mme de Clèves, de l'embarras que je vous cause, je le crois aussi grand qu'il est ; mais c'est la faute de M. de Clèves et non pas la mienne.

— C'est la vôtre, répliqua Madame la Dauphine, de lui avoir donné la Lettre ; et il n'y a que vous de femme au monde qui fasse confidence à son mari de toutes les choses qu'elle sait.

— Je crois que j'ai tort, Madame, répliqua Mme de Clèves ; mais songez à réparer ma faute, et non pas à l'examiner.

— Ne vous souvenez-vous point à peu près de ce qui est dans cette Lettre ? dit alors la Reine Dauphine.

— Oui, Madame, répondit-elle, je m'en souviens, et l'ai relue plus d'une fois.

— Si cela est, reprit Madame la Dauphine, il faut que vous alliez tout à l'heure, la faire écrire d'une main inconnue, je l'enverrai à la Reine : elle ne la montrera pas à ceux qui l'ont vue, quand elle le ferait, je soutiendrai toujours que c'est celle que Chastelart m'a donnée, et il n'oserait dire le contraire. »

Mme de Clèves entra dans cet expédient ; et d'autant plus qu'elle pensait qu'elle enverrait quérir M. de Nemours pour ravoir la Lettre même, afin de la faire copier mot à mot et d'en faire à peu près imiter l'Écriture, et elle crut que la Reine y serait infailliblement trompée. Sitôt qu'elle fut chez elle, elle conta à son mari, l'embarras de Madame la Dauphine, et le pria d'envoyer chercher M. de Nemours ; on le chercha ; il vint en diligence. Mme de Clèves lui dit tout ce qu'elle avait déjà appris à son mari, et lui demanda la Lettre, mais M. de Nemours répondit qu'il l'avait déjà rendue au vidame de Chartres qui avait eu tant de joie de la ravoir, et de se trouver hors du péril qu'il aurait couru, qu'il l'avait renvoyée à l'heure même à l'amie de Mme de Thémines. Mme de Clèves se retrouva dans un nouvel embarras ; et enfin après avoir bien consulté, ils résolurent de faire la Lettre de mémoire. Ils s'enfermèrent pour y travailler : on donna ordre à la porte de ne laisser entrer personne, et on renvoya tous les gens de M. de Nemours. Cet air de mystère, et de confidence n'était pas d'un médiocre charme pour ce Prince, et même pour Mme de Clèves. La présence de son mari, et les intérêts du vidame de Chartres la rassuraient en quelque sorte sur ses scrupules, elle ne sentait que le plaisir de voir M. de Nemours, elle en avait une joie pure et sans mélange qu'elle n'avait jamais sentie : cette joie lui donnait une liberté et un enjouement dans l'esprit que M. de Nemours ne lui avait jamais vus, et qui redoublaient son amour. Comme il n'avait point eu encore de si agréables moments, sa vivacité en était augmentée, et quand Mme de Clèves voulut commencer à se souvenir de la Lettre et à l'écrire, ce Prince au lieu de lui aider sérieusement, ne faisait que l'interrompre, et lui dire des choses plaisantes. Mme de Clèves entra dans le même esprit de gaieté, de sorte qu'il y avait déjà longtemps qu'ils étaient enfermés, et on était déjà venu deux fois de la part de la Reine Dauphine pour dire à Mme de Clèves de se dépêcher, qu'ils n'avaient pas encore fait la moitié de la Lettre.

M. de Nemours était bien aise de faire durer un temps qui lui était si agréable, et oubliait les intérêts de son ami. Mme de Clèves ne s'ennuyait pas, et oubliait aussi les intérêts de son oncle; enfin à peine à 4 heures la Lettre était-elle achevée, et elle était si mal, et l'écriture dont on la fit copier, ressemblait si peu à celle que l'on avait eu dessein d'imiter qu'il eût fallu que la Reine n'eût guère pris de soin d'éclaircir la vérité pour ne la pas connaître. Aussi n'y fut-elle pas trompée, quelque soin que l'on prît de lui persuader que cette Lettre s'adressait à M. de Nemours, elle demeura convaincue, non seulement qu'elle était au vidame de Chartres, mais elle crut que la Reine Dauphine y avait part, et qu'il y avait quelque intelligence entre eux. Cette pensée augmenta tellement la haine qu'elle avait pour cette Princesse, qu'elle ne lui pardonna jamais, et qu'elle la persécuta, jusqu'à ce qu'elle l'eût fait sortir de France.

Pour le vidame de Chartres, il fut ruiné auprès d'elle, et soit que le cardinal de Lorraine se fût déjà rendu Maître de son esprit, ou que l'aventure de cette Lettre qui lui fit voir qu'elle était trompée lui aidât à démêler les autres tromperies que le Vidame lui avait déjà faites; il est certain, qu'il ne put jamais se raccommoder sincèrement avec elle. Leur liaison se rompit, et elle le perdit ensuite à la conjuration d'Amboise où il se trouva embarrassé.

Après qu'on eut envoyé la Lettre à Madame la Dauphine, M. de Clèves et M. de Nemours s'en allèrent : Mme de Clèves demeura seule, et sitôt qu'elle ne fut plus soutenue, par cette joie que donne la présence de ce que l'on aime, elle revint comme d'un songe, elle regarda avec étonnement la prodigieuse différence de l'état où elle était le soir, d'avec celui où elle se trouvait alors ; elle se remit devant les yeux l'aigreur, et la froideur qu'elle avait fait paraître à M. de Nemours, tant qu'elle avait cru que la Lettre de Mme de Thémines, s'adressait à lui ; quel calme et quelle douceur avaient succédé à cette aigreur, sitôt qu'il l'avait persuadée que cette Lettre ne le regardait pas ; quand elle pensait qu'elle s'était reproché comme un crime le jour précédent de lui avoir donné des marques de sensibilité que la seule compassion pouvait avoir fait naître ; et que par son aigreur, elle lui avait fait paraître des sentiments de jalousie qui étaient des preuves certaines de passion, elle ne se reconnaissait plus elle-même ; quand elle pensait encore que M. de Nemours voyait bien qu'elle connaissait son amour ; qu'il voyait bien aussi que malgré cette connaissance elle ne l'en traitait pas plus mal en présence même de son mari, qu'au contraire elle ne l'avait jamais regardé si favorablement, qu'elle était cause que M. de Clèves l'avait envoyé quérir et qu'ils venaient de passer une après-dînée ensemble en particulier, elle trouvait qu'elle était d'intelligence avec M. de Nemours ; qu'elle trompait le mari du monde qui méritait le moins d'être trompé, et elle était honteuse de paraître si peu digne d'estime aux yeux même de son Amant. Mais ce qu'elle pouvait moins supporter que tout le reste, était le souvenir de l'état où elle avait passé la nuit, et les cuisantes douleurs que lui avait causées la pensée que M. de Nemours aimait ailleurs, et qu'elle était trompée.

Elle avait ignoré jusqu'alors les inquiétudes mortelles de la défiance et de la jalousie ; elle n'avait pensé qu'à se défendre d'aimer M. de Nemours, et elle n'avait point encore commencé à craindre qu'il en aimât une autre. Quoique les soupçons que lui avait donnés cette lettre fussent effacés, ils ne laissèrent pas de lui ouvrir les yeux sur le hasard d'être trompée, et de

lui donner des impressions de défiance, et de jalousie qu'elle n'avait jamais eues. Elle fut étonnée de n'avoir point encore pensé, combien il était peu vraisemblable qu'un homme comme M. de Nemours qui avait toujours fait paraître tant de légèreté parmi les femmes fût capable d'un attachement sincère et durable. Elle trouva qu'il était presque impossible qu'elle pût être contente de sa passion. Mais quand je le pourrais être, disait-elle, qu'en veux-je faire ? Veux-je la souffrir ? Veux-je y répondre ? Veux-je m'engager dans une galanterie ? Veux-je manquer à M. de Clèves ? Veux-je me manquer à moi-même ? Et veux-je enfin m'exposer aux cruels repentirs et aux mortelles douleurs que donne l'amour ? Je suis vaincue et surmontée par une inclination qui m'entraîne malgré moi : toutes mes résolutions sont inutiles ; je pensai hier tout ce que je pense aujourd'hui, et je fais aujourd'hui tout le contraire de ce que je résolus hier ; il faut m'arracher de la présence de M. de Nemours ; il faut m'en aller à la campagne quelque bizarre que puisse paraître mon voyage ; et si M. de Clèves s'opiniâtre à l'empêcher ou à en vouloir savoir les raisons, peut-être lui ferai-je le mal, et à moi-même aussi de les lui apprendre. Elle demeura dans cette résolution, et passa tout le soir chez elle sans aller savoir de Madame la Dauphine ce qui était arrivé de la fausse Lettre du Vidame.

Quand M. de Clèves fut revenu, elle lui dit qu'elle voulait aller à la campagne, qu'elle se trouvait mal, et qu'elle avait besoin de prendre l'air. M. de Clèves à qui elle paraissait d'une beauté qui ne lui persuadait pas que ses maux fussent considérables, se moqua d'abord de la proposition de ce voyage, et lui répondit qu'elle oubliait que les noces des Princesses, et le tournoi s'allaient faire, et qu'elle n'avait pas trop de temps pour se préparer à y paraître avec la même magnificence que les autres femmes. Les raisons de son mari ne la firent pas changer de dessein ; elle le pria de trouver bon que pendant qu'il irait à Compiègne avec le Roi, elle allât à Coulommiers qui était une belle maison à une journée de Paris, qu'ils faisaient bâtir avec soin. M. de Clèves y consentit, elle y alla dans le dessein de n'en pas revenir sitôt, et le Roi partit pour Compiègne, où il ne devait être que peu de jours.

M. de Nemours avait eu bien de la douleur de n'avoir point revu Mme de Clèves depuis cette après-dînée qu'il avait passée avec elle si agréablement et qui avait augmenté ses espérances. Il avait une impatience de la revoir qui ne lui donnait point de repos, de sorte que quand le Roi revint à Paris ; il résolut d'aller chez sa sœur, la duchesse de

Mercœur qui était à la campagne assez près de Coulommiers. Il proposa au Vidame d'y aller avec lui qui accepta aisément cette proposition, et M. de Nemours la fit dans l'espérance de voir Mme de Clèves et d'aller chez elle avec le Vidame.

Mme de Mercœur les reçut avec beaucoup de joie, et ne pensa qu'à les divertir et à leur donner tous les plaisirs de la campagne : comme ils étaient à la chasse à courir le Cerf, M. de Nemours s'égara dans la forêt ; en s'enquérant du chemin qu'il devait tenir pour s'en retourner, il sut qu'il était proche de Coulommiers : à ce mot de Coulommiers sans faire aucune réflexion, et sans savoir quel était son dessein, il alla à toute bride du côté qu'on le lui montrait : il arriva dans la forêt, et se laissa conduire au hasard par des routes faites avec soin qu'il jugea bien qui conduisaient vers le château ; il trouva au bout de ces routes, un Pavillon, dont le dessous était un grand salon accompagné de deux Cabinets dont l'un était ouvert sur un Jardin de fleurs, qui n'était séparé de la forêt, que par des Palissades ; et le second donnait sur une grande allée du parc. Il entra dans le pavillon, et il se serait arrêté à en regarder la beauté, sans qu'il vit venir par cette allée du Parc M. et Mme de Clèves accompagnés d'un grand nombre de domestiques : comme il ne s'était pas attendu à trouver M. de Clèves qu'il avait laissé auprès du Roi, son premier mouvement le porta à se cacher : il entra dans le Cabinet qui donnait sur le jardin de fleurs dans la pensée d'en ressortir par une porte qui était ouverte sur la Forêt ; mais voyant que Mme de Clèves et son mari s'étaient assis sous le Pavillon, que leurs domestiques demeuraient dans le Parc et qu'ils ne pouvaient venir à lui, sans passer dans le lieu où étaient M. et Mme de Clèves, il ne put se refuser le plaisir de voir cette Princesse, ni résister à la curiosité d'écouter sa conversation, avec un mari qui lui donnait plus de jalousie, qu'aucun de ses rivaux.

Il entendit que M. de Clèves disait à sa femme :

« Mais pourquoi ne voulez-vous point revenir à Paris ? Qui vous peut retenir à la campagne ? Vous avez depuis quelque temps un goût pour la solitude qui m'étonne, et qui m'afflige parce qu'il nous sépare. Je vous trouve même plus triste que de coutume, et je crains que vous n'ayez quelque sujet d'affliction.

— Je n'ai rien de fâcheux dans l'esprit, répondit-elle, avec un air embarrassé ; mais le tumulte de la Cour est si grand, et il y a toujours un si grand monde chez vous, qu'il est impossible que le corps et l'esprit ne se lassent, et que l'on ne cherche du repos.

— Le repos, répliqua-t-il, n'est guère propre pour une personne de votre âge. Vous êtes chez vous, et dans la Cour d'une sorte à ne vous pas donner de lassitude, et je craindrais plutôt que vous ne fussiez bien aise d'être séparée de moi.

— Vous me feriez une grande injustice d'avoir cette pensée, reprit-elle, avec un embarras qui augmentait toujours ; mais je vous supplie de me laisser ici. Si vous y pouviez demeurer, j'en aurais beaucoup de joie pourvu que vous y demeurassiez seul, et que vous voulussiez bien, n'y avoir point ce nombre infini de gens qui ne vous quittent quasi jamais !

— Ah ! madame ! s'écria M. de Clèves, votre air et vos paroles me font voir que vous avez des raisons pour souhaiter d'être seule, que je ne sais point, et je vous conjure de me les dire. »

Il la pressa longtemps de les lui apprendre sans pouvoir l'y obliger ; et, après qu'elle se fut défendue d'une manière qui augmentait toujours la curiosité de son mari, elle demeura dans un profond silence, les yeux baissés, puis tout d'un coup prenant la parole, et le regardant :

« Ne me contraignez point, lui dit-elle, à vous avouer une chose que je n'ai pas la force de vous avouer, quoique j'en aie eu plusieurs fois le dessein. Songez seulement que la prudence ne veut pas qu'une femme de mon âge, et Maîtresse de sa conduite, demeure exposée au milieu de la Cour.

— Que me faites-vous envisager, madame, s'écria M. de Clèves, je n'oserais vous le dire de peur de vous offenser. »

Mme de Clèves ne répondit point, et son silence achevant de confirmer son mari dans ce qu'il avait pensé :

« Vous ne me dites rien, reprit-il, et c'est me dire que je ne me trompe pas.

— Eh bien, monsieur, lui répondit-elle en se jetant à ses genoux, je vais vous faire un aveu que l'on n'a jamais fait à son mari ; mais l'innocence de ma conduite et de mes intentions m'en donne la force. Il est vrai que j'ai des raisons de m'éloigner de la Cour, et que je veux éviter les périls où se trouvent quelquefois les personnes de mon âge. Je n'ai jamais donné nulle marque de faiblesse, et je ne craindrais pas d'en laisser paraître, si vous me laissiez la liberté de me retirer de la Cour, ou si j'avais encore Mme de Chartres pour aider à me conduire. Quelque dangereux que soit le parti que je prends, je le prends avec joie pour me conserver digne d'être à vous. Je vous demande mille pardons, si j'ai des sentiments qui vous déplaisent ; du moins je ne vous déplairai jamais par mes actions. Songez que pour faire ce que je fais, il faut avoir plus d'amitié, et plus d'estime pour un mari que l'on n'en a jamais eu : conduisez-moi, ayez pitié de moi, et aimez-moi encore, si vous pouvez. »

M. de Clèves était demeuré pendant tout ce discours, la tête appuyée sur ses mains, hors de lui-même, et il n'avait pas songé à faire relever sa femme. Quand elle eut cessé de parler, qu'il jeta les yeux sur elle, qu'il la vit à ses genoux le visage couvert de larmes, et d'une beauté si admirable, il pensa mourir de douleur, et l'embrassant en la relevant :

« Ayez pitié de moi vous-même, madame, lui dit-il, j'en suis digne, et pardonnez si dans les premiers moments d'une affliction aussi violente qu'est la mienne je ne réponds pas, comme je dois, à un procédé comme le vôtre. Vous me paraissez plus digne d'estime, et d'admiration que tout ce qu'il y a jamais eu de femmes au monde ; mais aussi je me trouve le plus malheureux homme qui ait jamais été. Vous m'avez donné de la passion dès le premier moment que je vous ai vue ; vos rigueurs et votre possession n'ont pu l'éteindre ; elle dure encore ; je n'ai jamais pu vous donner de l'amour, et je vois que vous craignez d'en avoir pour un autre. Et qui est-il, madame, cet homme heureux qui vous donne cette crainte, depuis quand vous plaît-il ? Qu'a-t-il fait pour vous plaire ? Quel chemin a-t-il trouvé pour aller à votre cœur ? Je m'étais consolé en quelque sorte de ne l'avoir pas touché par la pensée qu'il était incapable de l'être : cependant un autre fait ce que je n'ai pu faire, j'ai tout ensemble la jalousie d'un mari et celle d'un amant, mais il est impossible d'avoir celle d'un mari après un procédé comme le vôtre. Il est trop noble pour ne me pas donner une sûreté entière, il me console même comme votre Amant. La confiance et la sincérité que vous avez pour moi, sont d'un prix infini :

vous m'estimez assez pour croire que je n'abuserai pas de cet aveu. Vous avez raison, madame, je n'en abuserai pas, et je ne vous en aimerai pas moins. Vous me rendez malheureux par la plus grande marque de fidélité que jamais une femme ait donnée à son mari : mais, madame, achevez et apprenez-moi qui est celui que vous voulez éviter.

— Je vous supplie de ne me le point demander, répondit-elle, je suis résolue de ne vous le pas dire, et je crois que la prudence, ne veut pas que je vous le nomme.

— Ne craignez point, madame, reprit M. de Clèves, je connais trop le monde, pour ignorer que la considération d'un mari, n'empêche pas que l'on ne soit amoureux de sa femme. On doit haïr ceux qui le sont et non pas s'en plaindre ; et encore une fois, madame, je vous conjure de m'apprendre ce que j'ai envie de savoir.

— Vous m'en presseriez inutilement, répliqua-t-elle ; j'ai de la force pour taire ce que je crois ne pas devoir dire. L'aveu que je vous ai fait, n'a pas été par faiblesse ; et il faut plus de courage pour avouer cette vérité que pour entreprendre de la cacher. »

M. de Nemours ne perdait pas une parole de cette conversation ; et ce que venait de dire Mme de Clèves, ne lui donnait guère moins de jalousie qu'à son mari. Il était si éperdument amoureux d'elle, qu'il croyait que tout le monde avait les mêmes sentiments : il était véritable aussi qu'il avait plusieurs rivaux ; mais il s'en imaginait encore davantage, et son esprit s'égarait à chercher celui dont Mme de Clèves voulait parler. Il avait cru bien des fois qu'il ne lui était pas désagréable, et il avait fait ce jugement sur des choses qui lui parurent si légères dans ce moment qu'il ne put s'imaginer, qu'il eût donné une passion qui devait être bien violente, pour avoir recours à un remède si extraordinaire. Il était si transporté qu'il ne savait quasi ce qu'il voyait, et il ne pouvait pardonner à M. de Clèves de ne pas assez presser sa femme de lui dire ce nom qu'elle lui cachait.

M. de Clèves faisait néanmoins tous ses efforts pour le savoir, et après qu'il l'en eut pressée inutilement :

« Il me semble, répondit-elle, que vous devez être content de ma sincérité, ne m'en demandez pas davantage, et ne me donnez point lieu de me repentir de ce que je viens de faire : contentez-vous de l'assurance que je vous donne encore, qu'aucune de mes actions n'a fait paraître mes sentiments, et que l'on ne m'a jamais rien dit dont j'aie pu m'offenser.

— Ah ! madame, reprit tout d'un coup M. de Clèves, je ne vous saurais croire. Je me souviens de l'embarras où vous fûtes le jour que votre portrait se perdit. Vous avez donné, madame, vous avez donné ce Portrait qui m'était si cher et qui m'appartenait si légitimement. Vous n'avez pu cacher vos sentiments, vous aimez, on le sait, votre vertu vous a jusqu'ici garantie du reste.

— Est-il possible, s'écria cette princesse, que vous puissiez penser qu'il y ait quelque déguisement dans un aveu comme le mien, qu'aucune raison ne m'obligeait à vous faire ? Fiez-vous à mes paroles ; c'est par un assez grand prix que j'achète la confiance que je vous demande. Croyez, je vous en conjure, que je n'ai point donné mon portrait : il est vrai que je le vis prendre, mais je ne voulus pas faire paraître que je le voyais, de peur de m'exposer à me faire dire des choses que l'on ne m'a encore osé dire.

— Par où vous a-t-on donc fait voir qu'on vous aimait, reprit M. de Clèves, et quelles marques de passion vous a-t-on données ?

— Épargnez-moi la peine, répliqua-t-elle, de vous redire des détails qui me font honte à moi-même de les avoir remarqués, et qui ne m'ont que trop persuadée de ma faiblesse.

— Vous avez raison, madame, reprit-il, je suis injuste, refusez-moi toutes les fois que je vous demanderai de pareilles choses ; mais ne vous offensez pourtant pas, si je vous les demande. »

Dans ce moment plusieurs de leurs gens qui étaient demeurés dans les allées, vinrent avertir M. de Clèves qu'un Gentilhomme venait le chercher de la part du Roi, pour lui ordonner de se trouver le soir à Paris. M. de Clèves fut contraint de s'en aller, et il ne put rien dire à sa femme, sinon qu'il la suppliait de venir le lendemain, et qu'il la conjurait de croire que quoiqu'il fût affligé, il avait pour elle une tendresse et une estime dont elle devait être satisfaite.

Lorsque ce Prince fut parti, que Mme de Clèves demeura seule, qu'elle regarda ce qu'elle venait de faire, elle en fut si épouvantée qu'à peine put-elle s'imaginer que ce fût une vérité. Elle trouva qu'elle s'était ôté elle-même le cœur et l'estime de son mari, et qu'elle s'était creusé un abîme dont elle ne sortirait jamais. Elle se demandait pourquoi elle avait fait une chose si hasardeuse, et elle trouvait qu'elle s'y était engagée sans en avoir presque eu le dessein. La singularité d'un pareil aveu dont elle ne trouvait point d'exemple lui en faisait voir tout le péril.

Mais quand elle venait à penser que ce remède, quelque violent qu'il fût, était le seul qui la pouvait défendre contre M. de Nemours, elle trouvait qu'elle ne devait point se repentir, et qu'elle n'avait point trop hasardé. Elle passa toute la nuit, pleine d'incertitude, de trouble et de crainte, mais enfin le calme revint dans son esprit : elle trouva même de la douceur à avoir donné ce témoignage de fidélité à un mari qui le méritait si bien, qui avait tant d'estime et tant d'amitié pour elle, et qui venait de lui en donner encore des marques par la manière dont il avait reçu ce qu'elle lui avait avoué.

Cependant M. de Nemours était sorti du lieu où il avait entendu une conversation qui le touchait si sensiblement, et s'était enfoncé dans la forêt. Ce qu'avait dit Mme de Clèves de son portrait lui avait redonné la vie, en lui faisant connaître que c'était lui qu'elle ne haïssait pas. Il s'abandonna d'abord à cette joie ; mais elle ne fut pas longue, quand il fit réflexion que la même chose qui lui venait d'apprendre qu'il avait touché le cœur de Mme de Clèves, le devait persuader aussi qu'il n'en recevrait jamais nulle marque, et qu'il était impossible d'engager une personne qui avait recours à un remède si extraordinaire. Il sentit pourtant un plaisir sensible de l'avoir réduite à cette extrémité : il trouva de la gloire à s'être fait aimer d'une femme si différente de toutes celles de son sexe : enfin il se trouva cent fois heureux et malheureux tout ensemble. La nuit le surprit dans la forêt, et il eut beaucoup de peine à retrouver le chemin de chez Mme de Mercœur. Il y arriva à la pointe du jour ; il fut assez embarrassé de rendre compte de ce qui l'avait retenu ; il s'en démêla le mieux qu'il lui fut possible, et revint ce jour même à Paris avec le Vidame.

Ce Prince était si rempli de sa passion, et si surpris de ce qu'il avait entendu, qu'il tomba dans une imprudence assez ordinaire, qui est de parler en termes généraux de ses sentiments particuliers, et de conter ses propres aventures sous des noms empruntés. En revenant il tourna la conversation sur l'amour, il exagéra le plaisir d'être amoureux d'une personne digne d'être aimée. Il parla des effets bizarres de cette passion, et enfin ne pouvant renfermer en lui-même l'étonnement que lui donnait l'action de Mme de Clèves ; il la conta au Vidame, sans lui nommer la personne, et sans lui dire qu'il y eût aucune part ; mais il la conta avec tant de chaleur et avec tant d'admiration que le Vidame soupçonna aisément que cette histoire regardait ce Prince : il le pressa extrêmement de le lui avouer. Il lui dit qu'il connaissait depuis longtemps qu'il avait quelque passion violente, et qu'il y avait de l'injustice de se défier d'un homme qui lui avait confié le secret de sa vie. M. de Nemours était trop amoureux pour avouer son amour : il l'avait toujours caché au Vidame, quoique ce fût l'homme de la Cour qu'il aimât le mieux. Il lui répondit qu'un de ses amis lui avait conté cette aventure, et lui avait fait promettre de n'en point parler, et qu'il le conjurait aussi de garder ce secret. Le Vidame l'assura qu'il n'en parlerait point : néanmoins M. de Nemours se repentit de lui en avoir tant appris.

Cependant M. de Clèves était allé trouver le Roi, le cœur pénétré d'une douleur mortelle. Jamais mari n'avait eu une passion si violente pour sa femme, et ne l'avait tant estimée. Ce qu'il venait d'apprendre ne lui ôtait pas l'estime ; mais elle lui en donnait d'une espèce différente de celle qu'il avait eue jusqu'alors ; ce qui l'occupait le plus, était l'envie de deviner celui qui avait su lui plaire. M. de Nemours lui vint d'abord dans l'esprit, comme ce qu'il y avait de plus aimable à la Cour : et le chevalier de Guise, et le maréchal de Saint-André, comme deux hommes qui avaient pensé à lui plaire ; et qui lui rendaient encore beaucoup de soins : de sorte qu'il s'arrêta à croire qu'il fallait que ce fût l'un des trois. Il arriva au Louvre, et le Roi le mena dans son Cabinet pour lui dire qu'il l'avait choisi pour conduire Madame en Espagne ; qu'il avait cru que personne ne s'acquitterait mieux que lui de cette commission, et que personne aussi ne ferait tant d'honneur à la France que Mme de Clèves. M. de Clèves reçut l'honneur de ce choix comme il le devait, et le regarda même comme une chose qui éloignerait sa femme de la Cour, sans qu'il parût de changement dans sa conduite : néanmoins le temps de ce départ était encore trop éloigné pour être un remède à l'embarras où il se trouvait. Il écrivit à l'heure même à Mme de Clèves, pour lui apprendre ce que le Roi venait de lui dire, et il lui manda encore qu'il voulait absolument qu'elle revînt à Paris. Elle y revint comme il l'ordonnait, et lorsqu'ils se virent, ils se trouvèrent tous deux dans une tristesse extraordinaire.

M. de Clèves lui parla comme le plus honnête homme du monde, et le plus digne de ce qu'elle avait fait.

« Je n'ai nulle inquiétude de votre conduite, lui dit-il, vous avez plus de force et plus de vertu que vous ne pensez ; ce n'est point aussi la crainte de l'avenir qui m'afflige, je ne suis affligé que de vous voir pour un autre des sentiments que je n'ai pu vous donner.

— Je ne sais que vous répondre, lui dit-elle, je meurs de honte en vous en parlant, épargnez-moi, je vous en conjure, de si cruelles conversations, réglez ma conduite, faites que je ne voie personne : c'est tout ce que je vous demande ; mais trouvez bon que je ne vous parle plus d'une chose qui me fait paraître si peu digne de vous, et que je trouve si indigne de moi.

— Vous avez raison, madame, répliqua-t-il, j'abuse de votre douceur et de votre confiance ; mais aussi ayez quelque compassion de l'état où vous m'avez mis, et songez que quoi que vous m'ayez dit, vous me cachez un nom qui me donne une curiosité, avec laquelle je ne saurais vivre : je ne vous demande pourtant pas de la satisfaire ; mais je ne puis m'empêcher de vous dire que je crois que celui que je dois envier, est le maréchal de Saint-André, le duc de Nemours, ou le chevalier de Guise.

— Je ne vous répondrai rien, lui dit-elle en rougissant, et je ne vous donnerai aucun lieu par mes réponses de diminuer ni de fortifier vos soupçons ; mais si vous essayez de les éclaircir en m'observant, vous me donnerez un embarras qui paraîtra aux yeux de tout le monde. Au nom de Dieu, continua-t-elle, trouvez bon que sur le prétexte de quelque maladie, je ne voie personne.

— Non, madame, répliqua-t-il, on démêlerait bientôt que ce serait une chose supposée : et de plus je ne me veux fier qu'à vous-même ; c'est le chemin que mon cœur me conseille de prendre, et la raison me le conseille aussi. De l'humeur dont vous êtes, en vous laissant votre liberté, je vous donne des bornes plus étroites que je ne pourrais vous en prescrire. »

M. de Clèves ne se trompait pas : la confiance qu'il témoignait à sa femme la fortifiait davantage contre M. de Nemours, et lui faisait prendre des résolutions plus austères qu'aucune contrainte n'aurait pu faire. Elle alla donc au Louvre et chez la Reine Dauphine à son ordinaire ; mais elle évitait la présence et les yeux de M. de Nemours avec tant de soin, qu'elle lui ôta quasi toute la joie qu'il avait de se croire aimé d'elle. Il ne voyait rien dans ses actions qui ne lui persuadât le contraire. Il ne savait quasi si ce qu'il avait entendu n'était point un songe, tant il y trouvait peu de vraisemblance. La seule chose qui l'assurait qu'il ne s'était pas trompé était l'extrême tristesse de Mme de Clèves, quelque effort qu'elle fît pour la cacher : peut-être que des regards et des paroles obligeantes n'eussent pas tant augmenté l'amour de M. de Nemours que faisait cette conduite austère.

Un soir que M. et Mme de Clèves étaient chez la Reine, quelqu'un dit que le bruit courait que le Roi nommerait encore un grand seigneur de la

Cour pour aller conduire Madame en Espagne. M. de Clèves avait les yeux sur sa femme dans le temps que l'on ajouta que ce serait peut-être le chevalier de Guise, ou le maréchal de Saint-André. Il remarqua qu'elle n'avait point été émue de ces deux noms, ni de la proposition qu'ils fissent ce voyage avec elle. Cela lui fit croire que pas un des deux n'était celui dont elle craignait la présence. Et voulant s'éclaircir de ses soupçons, il entra dans le Cabinet de la Reine, où était le Roi. Après y avoir demeuré quelque temps, il revint auprès de sa femme, et lui dit tout bas qu'il venait d'apprendre que ce serait M. de Nemours qui irait avec eux en Espagne.

Le nom de M. de Nemours et la pensée d'être exposée à le voir tous les jours pendant un long voyage en présence de son mari, donna un tel trouble à Mme de Clèves qu'elle ne le put cacher : et voulant y donner d'autres raisons :

« C'est un choix bien désagréable pour vous, répondit-elle, que celui de ce Prince. Il partagera tous les honneurs, et il me semble que vous devriez essayer de faire choisir quelque autre.

— Ce n'est pas la gloire, madame, reprit M. de Clèves, qui vous fait appréhender que M. de Nemours ne vienne avec moi. Le chagrin que vous en avez vient d'une autre cause : ce chagrin m'apprend ce que j'aurais appris d'une autre femme, par la joie qu'elle en aurait eue. Mais ne craignez point ; ce que je viens de vous dire, n'est pas véritable, et je l'ai inventé pour m'assurer d'une chose que je ne croyais déjà que trop. »

Il sortit après ces paroles, ne voulant pas augmenter par sa présence l'extrême embarras où il voyait sa femme.

M. de Nemours entra dans cet instant, et remarqua d'abord l'état où était Mme de Clèves. Il s'approcha d'elle, et lui dit tout bas qu'il n'osait par respect lui demander, ce qui la rendait plus rêveuse que de coutume. La voix de M. de Nemours la fit revenir, et le regardant, sans avoir entendu ce qu'il venait de lui dire, pleine de ses propres pensées, et de la crainte que son mari ne le vît auprès d'elle :

« Au nom de Dieu, lui dit-elle, laissez-moi en repos !

— Hélas ! madame, répondit-il, je ne vous y laisse que trop : de quoi pouvez-vous vous plaindre, je n'ose vous parler, je n'ose même vous regarder : je ne vous approche qu'en tremblant. Par où me suis-je attiré ce que

vous venez de me dire, et pourquoi me faites-vous paraître que j'ai quelque part au chagrin où je vous vois ? »

Mme de Clèves fut bien fâchée d'avoir donné lieu à M. de Nemours de s'expliquer plus clairement qu'il n'avait fait en toute sa vie. Elle le quitta, sans lui répondre, et s'en revint chez elle, l'esprit plus agité qu'elle ne l'avait jamais eu. Son mari s'aperçut aisément de l'augmentation de son embarras. Il vit qu'elle craignait qu'il ne lui parlât de ce qui s'était passé. Il la suivit dans un cabinet, où elle était entrée.

« Ne m'évitez point, madame, lui dit-il, je ne vous dirai rien qui puisse vous déplaire : je vous demande pardon de la surprise que je vous ai faite tantôt. J'en suis assez puni, par ce que j'ai appris. M. de Nemours était de tous les hommes celui que je craignais le plus. Je vois le péril où vous êtes, ayez du pouvoir sur vous pour l'amour de vous-même, et s'il est possible, pour l'amour de moi. Je ne vous le demande point comme un mari, mais comme un homme dont vous faites tout le bonheur, et qui a pour vous une passion plus tendre et plus violente que celui que votre cœur lui préfère. »

M. de Clèves s'attendrit en prononçant ces dernières paroles, et eut peine à les achever. Sa femme en fut pénétrée et fondant en larmes, elle l'embrassa avec une tendresse et une douleur qui le mirent dans un état peu différent du sien. Ils demeurèrent quelque temps sans se rien dire, et se séparèrent sans avoir la force de se parler.

Les préparatifs pour le mariage de Madame étaient achevés. Le duc d'Albe arriva pour l'épouser : il fut reçu avec toute la magnificence et toutes les cérémonies qui se pouvaient faire dans une pareille occasion. Le Roi envoya au-devant de lui le prince de Condé, les cardinaux de Lorraine et de Guise, les ducs de Lorraine, de Ferrare, d'Aumale, de Bouillon, de Guise et de Nemours. Ils avaient plusieurs Gentilshommes, et grand nombre de Pages vêtus de leurs livrées. Le Roi attendit lui-même le duc d'Albe à la première porte du Louvre, avec les deux cents Gentilshommes servants, et le Connétable à leur tête. Lorsque ce Duc fut proche du Roi, il voulut lui embrasser les genoux ; mais le Roi l'en empêcha et le fit marcher à son côté jusque chez la Reine et chez Madame, à qui le duc d'Albe apporta un présent magnifique de la part de son Maître. Il alla ensuite chez Madame Marguerite sœur du Roi, lui faire les compliments de M. de Savoie, et l'assurer qu'il arriverait dans peu de jours. L'on fit de grandes assemblées au Louvre, pour faire voir au duc d'Albe, et au prince d'Orange qui l'avait accompagné, les Beautés de la Cour.

Mme de Clèves n'osa se dispenser de s'y trouver, quelque envie qu'elle en eût, par la crainte de déplaire à son mari qui lui commanda absolument d'y aller. Ce qui l'y déterminait encore davantage, était l'absence de M. de Nemours. Il était allé au-devant de M. de Savoie, et après que ce Prince fut arrivé, il fut obligé de se tenir presque toujours auprès de lui, pour lui aider à toutes les choses qui regardaient les cérémonies de ses noces : cela fit que Mme de Clèves ne rencontra pas ce Prince aussi souvent qu'elle avait accoutumé, et elle s'en trouvait dans quelque sorte de repos.

Le vidame de Chartres n'avait pas oublié la conversation qu'il avait eue avec M. de Nemours. Il lui était demeuré dans l'esprit, que l'aventure que ce Prince lui avait contée, était la sienne propre, et il l'observait avec tant de soin que peut-être aurait-il démêlé la vérité, sans que l'arrivée du duc d'Albe et celle de M. de Savoie firent un changement et une occupation dans la Cour qui l'empêcha de voir ce qui aurait pu l'éclairer. L'envie de s'éclaircir, ou plutôt la disposition naturelle que l'on a de conter tout ce que l'on sait à ce que l'on aime, fit qu'il redit à Mme de Martigues l'action extraordinaire de cette personne, qui avait avoué à son mari la passion qu'elle avait pour un autre. Il l'assura que M. de Nemours était celui qui avait inspiré cette violente passion, et il la conjura de lui aider à observer ce Prince. Mme de Martigues fut bien aise d'apprendre ce que lui dit le Vidame : et la curiosité qu'elle avait toujours vue à Madame la Dauphine, pour ce qui regardait M. de Nemours, lui donnait encore plus d'envie de pénétrer cette aventure.

Peu de jours avant celui que l'on avait choisi pour la cérémonie du mariage, la Reine Dauphine donnait à souper au Roi son beau-père, et à la duchesse de Valentinois. Mme de Clèves qui était occupée à s'habiller, alla au Louvre plus tard que de coutume. En y allant, elle trouva un Gentilhomme qui la venait quérir de la part de Madame la Dauphine :

comme elle entra dans la chambre, cette Princesse lui cria de dessus son lit où elle était, qu'elle l'attendait avec une grande impatience.

« Je crois, Madame, lui répondit-elle, que je ne dois pas vous remercier de cette impatience, et qu'elle est sans doute causée par quelque autre chose que par l'envie de me voir.

— Vous avez raison, lui répliqua la Reine Dauphine ; mais néanmoins vous devez m'en être obligée : car je veux vous apprendre une aventure que je suis assurée que vous serez bien aise de savoir. »

Mme de Clèves se mit à genoux devant son lit, et par bonheur pour elle, elle n'avait pas le jour au visage.

« Vous savez, lui dit cette Reine, l'envie que nous avions de deviner ce qui causait le changement qui paraît au duc de Nemours : je crois le savoir, et c'est une chose qui vous surprendra. Il est éperdument amoureux et fort aimé d'une des plus belles personnes de la Cour. »

Ces paroles que Mme de Clèves ne pouvait s'attribuer, puisqu'elle ne croyait pas que personne sût qu'elle aimait ce Prince, lui causèrent une douleur qu'il est aisé de s'imaginer.

« Je ne vois rien en cela, répondit-elle, qui doive surprendre d'un homme de l'âge de M. de Nemours et fait comme il est.

— Ce n'est pas aussi, reprit Madame la Dauphine, ce qui vous doit étonner ; mais c'est de savoir que cette femme qui aime M. de Nemours, ne lui en a jamais donné aucune marque, et que la peur qu'elle a eue de n'être pas toujours maîtresse de sa passion, a fait qu'elle l'a avouée à son mari, afin qu'il l'ôtât de la Cour. Et c'est M. de Nemours lui-même qui a conté ce que je vous dis. »

Si Mme de Clèves avait eu d'abord de la douleur par la pensée qu'elle n'avait aucune part à cette aventure, les dernières paroles de Madame la Dauphine lui donnèrent du désespoir, par la certitude de n'y en avoir que trop. Elle ne put répondre, et demeura la tête penchée sur le lit pendant que la Reine continuait de parler, si occupée de ce qu'elle disait, qu'elle ne prenait pas garde à cet embarras. Lorsque Mme de Clèves fut un peu remise :

« Cette histoire ne me paraît guère vraisemblable, Madame, répondit-elle, et je voudrais bien savoir qui vous l'a contée.

— C'est Mme de Martigues, répliqua Madame la Dauphine, qui l'a apprise du vidame de Chartres. Vous savez qu'il en est amoureux, il la lui a confiée comme un secret, et il la sait du duc de Nemours lui-même : il est vrai que le duc de Nemours ne lui a pas dit le nom de la Dame, et ne lui a pas même avoué que ce fût lui qui en fût aimé ; mais le vidame de Chartres n'en doute point. »

Comme la Reine Dauphine achevait ces paroles, quelqu'un s'approcha du lit : Mme de Clèves était tournée d'une sorte qui l'empêchait de voir qui c'était ; mais elle n'en douta pas lorsque Madame la Dauphine se récria avec un air de gaieté et de surprise :

« Le voilà lui-même, et je veux lui demander ce qui en est. »

Mme de Clèves connut bien que c'était le duc de Nemours comme ce l'était en effet, sans se tourner de son côté. Elle s'avança avec précipitation vers Madame la Dauphine, et lui dit tout bas qu'il fallait bien se garder de lui parler de cette aventure ; qu'il l'avait confiée au vidame de Chartres ; et que ce serait une chose capable de les brouiller. Madame la Dauphine lui répondit en riant, qu'elle était trop prudente, et se retourna vers M. de Nemours. Il était paré pour l'Assemblée du soir, et prenant la parole avec cette grâce qui lui était si naturelle :

« Je crois, Madame, dit-il, que je puis penser sans témérité, que vous parliez de moi quand je suis entré ; que vous aviez dessein de me demander quelque chose ; et que Mme de Clèves s'y oppose.

— Il est vrai, répondit Madame la Dauphine ; mais je n'aurai pas pour elle la complaisance que j'ai accoutumé d'avoir. Je veux savoir de vous si une histoire que l'on m'a contée est véritable, et si vous n'êtes pas celui qui êtes amoureux, et aimé d'une femme de la Cour qui vous cache sa passion avec soin, et qui l'a avouée à son mari. »

Le trouble et l'embarras de Mme de Clèves étaient au-delà de tout ce que l'on peut s'imaginer ; et si la mort se fût présentée pour la tirer de cet état, elle l'aurait trouvée agréable ; mais M. de Nemours était encore plus embarrassé, s'il est possible. Le discours de Madame la Dauphine, dont il avait eu lieu de croire qu'il n'était pas haï, en présence de Mme de Clèves, qui était la personne de la Cour en qui elle avait le plus de confiance, et qui en avait aussi le plus en elle, lui donnait une si grande confusion de pensées bizarres, qu'il lui fut impossible d'être maître de son visage. L'embarras où il voyait Mme de Clèves par sa faute, et la pensée du juste sujet qu'il lui donnait de le haïr, lui causa un saisissement qui ne lui permit pas de répondre. Madame la Dauphine voyant à quel point il était interdit :

« Regardez-le, regardez-le, dit-elle à Mme de Clèves, et jugez si cette aventure n'est pas la sienne. »

Cependant M. de Nemours revenant de son premier trouble, et voyant l'importance de sortir d'un pas si dangereux, se rendit maître tout d'un coup de son esprit et de son visage :

« J'avoue, Madame, dit-il, que l'on ne peut être plus surpris et plus affligé que je le suis de l'infidélité que m'a faite le vidame de Chartres, en racontant l'aventure d'un de mes amis que je lui avais confiée. Je pourrai m'en venger, continua-t-il en souriant avec un air tranquille, qui ôta quasi à Madame la Dauphine les soupçons qu'elle venait d'avoir. Il m'a confié des choses qui ne sont pas d'une médiocre importance : mais je ne sais, Madame, poursuivit-il, pourquoi vous me faites l'honneur de me mêler à cette aventure. Le Vidame ne peut pas dire qu'elle me regarde, puisque je lui ai dit le contraire. La qualité d'un homme amoureux me peut convenir ; mais pour celle d'un homme aimé, je ne crois pas, Madame, que vous puissiez me la donner. »

Ce prince fut bien aise de dire quelque chose à Madame la Dauphine, qui eût du rapport à ce qu'il lui avait fait paraître en d'autres temps, afin de lui détourner l'esprit des pensées qu'elle aurait pu avoir. Elle crut bien aussi entendre ce qu'il disait ; mais sans y répondre, elle continua à lui faire la guerre de son embarras.

« J'ai été troublé, Madame, lui répondit-il, pour l'intérêt de mon ami, et par les justes reproches qu'il me pourrait faire d'avoir redit une chose qui lui est plus chère que la vie. Il ne me l'a néanmoins confiée qu'à demi, et il ne m'a pas nommé la personne qu'il aime : je sais seulement qu'il est l'homme du monde le plus amoureux et le plus à plaindre.

— Le trouvez-vous si à plaindre, répliqua Madame la Dauphine, puisqu'il est aimé ?

— Croyez-vous qu'il le soit, Madame, reprit-il, et qu'une personne qui aurait une véritable passion, pût la découvrir à son mari ? Cette personne ne connaît pas sans doute l'amour, et elle a pris pour lui une légère reconnaissance de l'attachement que l'on a pour elle. Mon ami ne se peut flatter d'aucune espérance; mais tout malheureux qu'il est, il se trouve heureux d'avoir du moins donné la peur de l'aimer, et il ne changerait pas son état contre celui du plus heureux Amant du monde.

— Votre ami a une passion bien aisée à satisfaire, dit Madame la Dauphine, et je commence à croire que ce n'est pas de vous dont vous parlez. Il ne s'en faut guère, continua-t-elle, que je ne sois de l'avis de Mme de Clèves, qui soutient que cette aventure ne peut être véritable.

— Je ne crois pas en effet qu'elle le puisse être, reprit Mme de Clèves qui n'avait point encore parlé : et quand il serait possible qu'elle le fût, par où l'aurait-on pu savoir? Il n'y a pas d'apparence qu'une femme capable d'une chose si extraordinaire, eût la faiblesse de la raconter, apparemment son mari ne l'aurait pas racontée non plus, ou ce serait un mari bien indigne du procédé que l'on aurait eu avec lui.»

M. de Nemours qui vit les soupçons de Mme de Clèves sur son mari, fut bien aise de les lui confirmer. Il savait que c'était le plus redoutable rival qu'il eût à détruire.

«La jalousie, répondit-il, et la curiosité d'en savoir peut-être davantage que l'on ne lui en a dit, peuvent faire faire bien des imprudences à un mari.»

Mme de Clèves était à la dernière épreuve de sa force et de son courage, et ne pouvant plus soutenir la conversation, elle allait dire qu'elle se trouvait mal, lorsque par bonheur pour elle la duchesse de Valentinois entra, qui dit à Madame la Dauphine que le Roi allait arriver. Cette Reine passa dans son Cabinet pour s'habiller : M. de Nemours s'approcha de Mme de Clèves, comme elle la voulait suivre.

«Je donnerais ma vie, madame, lui dit-il, pour vous parler un moment; mais de tout ce que j'aurais d'important à vous dire, rien ne me le paraît davantage que de vous supplier de croire que si j'ai dit quelque chose où Madame la Dauphine puisse prendre part, je l'ai fait par des raisons qui ne la regardent pas.»

Mme de Clèves ne fit pas semblant d'entendre M. de Nemours : elle le quitta sans le regarder, et se mit à suivre le Roi qui venait d'entrer.

Comme il y avait beaucoup de monde, elle s'embarrassa dans sa robe, et fit un faux pas : elle se servit de ce prétexte pour sortir d'un lieu où elle n'avait pas la force de demeurer et feignant de ne se pouvoir soutenir, elle s'en alla chez elle.

M. de Clèves vint au Louvre, et fut étonné de n'y pas trouver sa femme : on lui dit l'accident qui lui était arrivé. Il s'en retourna à l'heure même pour apprendre de ses nouvelles ; il la trouva au lit, et il sut que son mal n'était pas considérable. Quand il eut été quelque temps auprès d'elle, il s'aperçut qu'elle était dans une tristesse si excessive qu'il en fut surpris.

« Qu'avez-vous, madame ? lui dit-il. Il me paraît que vous avez quelque autre douleur que celle dont vous vous plaignez.

— J'ai la plus sensible affliction que je pouvais jamais avoir, répondit-elle, quel usage avez-vous fait de la confiance extraordinaire, ou pour mieux dire folle que j'ai eue en vous ? Ne méritais-je pas le secret, et quand je ne l'aurais pas mérité, votre propre intérêt ne vous y engageait-il pas ? Fallait-il que la curiosité de savoir un nom que je ne dois pas vous dire, vous obligeât à vous confier à quelqu'un pour tâcher de le découvrir ? Ce ne peut être que cette seule curiosité qui vous ait fait faire une si cruelle imprudence, les suites en sont aussi fâcheuses qu'elles pouvaient l'être. Cette aventure est sue, et on me la vient de conter, ne sachant pas que j'y eusse le principal intérêt.

— Que me dites-vous, madame, lui répondit-il, vous m'accusez d'avoir conté ce qui s'est passé entre vous et moi, et vous m'apprenez que la chose est sue ? Je ne me justifie pas de l'avoir redite, vous ne le sauriez croire, et il faut sans doute que vous ayez pris pour vous ce que l'on vous a dit de quelque autre.

— Ah, monsieur, reprit-elle, il n'y a pas dans le monde une autre aventure pareille à la mienne ; il n'y a point une autre femme capable de la même chose. Le hasard ne peut l'avoir fait inventer, on ne l'a jamais imaginée, et cette pensée n'est jamais tombée dans un autre esprit que le mien. Madame la Dauphine vient de me conter toute cette aventure, elle l'a sue par le vidame de Chartres qui la sait de M. de Nemours.

— M. de Nemours ! s'écria M. de Clèves avec une action qui marquait du transport et du désespoir. Quoi ! M. de Nemours sait que vous l'aimez, et que je le sais ?

— Vous voulez toujours choisir M. de Nemours plutôt qu'un autre, répliqua-t-elle : je vous ai dit que je ne vous répondrais jamais sur vos soupçons. J'ignore si M. de Nemours sait la part que j'ai dans cette aventure, et celle que vous lui avez donnée ; mais il l'a contée au vidame de Chartres, et lui a dit qu'il la savait d'un de ses amis, qui ne lui avait pas nommé la personne. Il faut que cet ami de M. de Nemours soit des vôtres, et que vous vous soyez fié à lui pour tâcher de vous éclaircir.

— A-t-on un ami au monde à qui on voulût faire une telle confidence, reprit M. de Clèves, et voudrait-on éclaircir ses soupçons au prix d'apprendre à quelqu'un ce que l'on souhaiterait de se cacher à soi-même ? Songez plutôt, madame, à qui vous avez parlé. Il est plus vraisemblable que ce soit par vous que par moi que ce secret soit échappé. Vous n'avez pu soutenir toute seule l'embarras où vous vous êtes trouvée, et vous avez cherché le soulagement de vous plaindre avec quelque confidente qui vous a trahie.

— N'achevez point de m'accabler, s'écria-t-elle, et n'ayez point la dureté de m'accuser d'une faute que vous avez faite. Pouvez-vous m'en soupçonner, et puisque j'ai été capable de vous parler, suis-je capable de parler à quelque autre ? »

L'aveu que Mme de Clèves avait fait à son mari, était une si grande marque de sa sincérité, et elle niait si fortement de s'être confiée à personne, que M. de Clèves ne savait que penser. D'un autre côté, il était assuré de n'avoir rien redit ; c'était une chose que l'on ne pouvait avoir devinée, elle était sue ; ainsi il fallait que ce fût par l'un des deux ; mais ce qui lui causait une douleur violente, était de savoir que ce secret était entre les mains de quelqu'un, et qu'apparemment il serait bientôt divulgué.

Mme de Clèves pensait à peu près les mêmes choses, elle trouvait également impossible que son mari eût parlé, et qu'il n'eût pas parlé ; ce qu'avait dit M. de Nemours que la curiosité pouvait faire faire des imprudences à un mari, lui paraissait se rapporter si juste à l'état de M. de

Clèves, qu'elle ne pouvait croire que ce fût une chose que le hasard eût fait dire : et cette vraisemblance la déterminait à croire que M. de Clèves avait abusé de la confiance qu'elle avait en lui. Ils étaient si occupés l'un et l'autre de leurs pensées, qu'ils furent longtemps sans parler, et ils ne sortirent de ce silence, que pour redire les mêmes choses qu'ils avaient déjà dites plusieurs fois, et demeurèrent le cœur et l'esprit plus éloignés et plus altérés qu'ils ne l'avaient encore eu.

Il est aisé de s'imaginer en quel état ils passèrent la nuit. M. de Clèves avait épuisé toute sa constance à soutenir le malheur de voir une femme qu'il adorait, touchée de passion pour un autre. Il ne lui restait plus de courage : il croyait même n'en devoir pas trouver dans une chose où sa gloire et son honneur étaient si vivement blessés. Il ne savait plus que penser de sa femme : il ne voyait plus quelle conduite il lui devait faire prendre, ni comment il se devait conduire lui-même ; et il ne trouvait de tous côtés que des précipices et des abîmes. Enfin après une agitation et une incertitude très longues, voyant qu'il devait bientôt s'en aller en Espagne, il prit le parti de ne rien faire qui pût augmenter les soupçons ou la connaissance de son malheureux état. Il alla trouver Mme de Clèves, et lui dit qu'il ne s'agissait pas de démêler entre eux qui avait manqué au secret ; mais qu'il s'agissait de faire voir que l'histoire que l'on avait contée, était une fable où elle n'avait aucune part : qu'il dépendait d'elle de le persuader à M. de Nemours et aux autres, qu'elle n'avait qu'à agir avec lui avec la sévérité et la froideur qu'elle devait avoir pour un homme qui lui témoignait de l'amour ; que par ce procédé elle lui ôterait aisément l'opinion qu'elle eût de l'inclination pour lui ; qu'ainsi il ne fallait point s'affliger de tout ce qu'il aurait pu penser ; parce que si dans la suite elle ne faisait paraître aucune faiblesse, toutes ses pensées se détruiraient aisément, et que surtout il fallait qu'elle allât au Louvre et aux Assemblées comme à l'ordinaire.

Après ces paroles M. de Clèves quitta sa femme, sans attendre sa réponse. Elle trouva beaucoup de raison dans tout ce qu'il lui dit, et la colère où elle était contre M. de Nemours lui fit croire qu'elle trouverait aussi beaucoup de facilité à l'exécuter ; mais il lui parut difficile de se trouver à toutes les cérémonies du mariage, et d'y paraître avec un visage tranquille, et un esprit libre ; néanmoins comme elle devait porter la robe de Madame la Dauphine, et que c'était une chose où elle avait été préférée à plusieurs autres Princesses, il n'y avait pas moyen d'y renoncer, sans faire beaucoup de bruit, et sans en faire chercher des raisons. Elle se résolut donc de faire un effort sur elle-même ; mais elle prit le reste du jour pour s'y préparer, et pour s'abandonner à tous les sentiments dont elle était agitée. Elle s'enferma seule dans son cabinet. De tous ses maux celui qui se présentait à elle avec le plus de violence, était d'avoir sujet de se plaindre de M. de Nemours, et de ne trouver aucun moyen de le justifier. Elle ne pouvait douter qu'il n'eût conté cette aventure au vidame de Chartres, il l'avait avoué, et elle ne pouvait douter aussi par la manière dont il avait parlé, qu'il ne sût que l'aventure la regardait. Comment excuser une si grande imprudence, et qu'était devenue l'extrême discrétion de ce Prince dont elle avait été si touchée ?

Il a été discret, disait-elle, tant qu'il a cru être malheureux ; mais une pensée d'un bonheur, même incertain, a fini sa discrétion. Il n'a pu s'imaginer qu'il était aimé, sans vouloir qu'on le sût : il a dit tout ce qu'il pouvait dire, je n'ai pas avoué que c'était lui que j'aimais, il l'a soupçonné, et il a laissé voir ses soupçons. S'il eût eu des certitudes, il en aurait usé de la même sorte. J'ai eu tort de croire qu'il y eût un homme capable de cacher ce qui flatte sa gloire. C'est pourtant pour cet homme que j'ai cru si différent du reste des hommes, que je me trouve comme les autres femmes, étant si éloignée de leur ressembler. J'ai perdu le cœur et l'estime d'un mari qui devait faire ma félicité. Je serai bientôt regardée de tout le monde comme une personne qui a une folle et violente passion. Celui pour qui je l'ai, ne l'ignore plus : et c'est pour éviter ces malheurs que j'ai hasardé tout mon repos et même ma vie.

Ces tristes réflexions étaient suivies d'un torrent de larmes ; mais quelque douleur dont elle se trouvât accablée, elle sentait bien qu'elle aurait eu la force de les supporter si elle avait été satisfaite de M. de Nemours.

Ce Prince n'était pas dans un état plus tranquille. L'imprudence qu'il avait faite d'avoir parlé au vidame de Chartres, et les cruelles suites de cette imprudence lui donnaient un déplaisir mortel. Il ne pouvait se

représenter, sans être accablé, l'embarras, le trouble et l'affliction où il avait vu Mme de Clèves. Il était inconsolable de lui avoir dit des choses sur cette aventure, qui bien que galantes par elles-mêmes lui paraissaient dans ce moment, grossières, et peu polies, puisqu'elles avaient fait entendre à Mme de Clèves qu'il n'ignorait pas qu'elle était cette femme qui avait une passion violente, et qu'il était celui pour qui elle l'avait. Tout ce qu'il eût pu souhaiter, eût été une conversation avec elle ; mais il trouvait qu'il la devait craindre plutôt que de la désirer.

Qu'aurais-je à lui dire ? s'écriait-il, irais-je encore lui montrer ce que je ne lui ai déjà que trop fait connaître ? Lui ferai-je voir que je sais qu'elle m'aime, moi qui n'ai jamais seulement osé lui dire que je l'aimais ? Commencerai-je à lui parler ouvertement de ma passion, afin de lui paraître un homme devenu hardi par des espérances ? Puis-je penser seulement à l'approcher, et oserais-je lui donner l'embarras de soutenir ma vue ? Par où pourrais-je me justifier ? Je n'ai point d'excuse, je suis indigne d'être regardé de Mme de Clèves, et je n'espère pas aussi qu'elle me regarde jamais. Je ne lui ai donné par ma faute de meilleurs moyens pour se défendre contre moi que tous ceux qu'elle cherchait et qu'elle eût peut-être cherchés inutilement. Je perds par mon imprudence le bonheur et la gloire d'être aimé de la plus aimable et de la plus estimable personne du monde ; mais si j'avais perdu ce bonheur sans qu'elle en eût souffert, et sans lui avoir donné une douleur mortelle, ce me serait une consolation ; et je sens plus dans ce moment le mal que je lui ai fait que celui que je me suis fait auprès d'elle.

M. de Nemours fut longtemps à s'affliger, et à penser les mêmes choses. L'envie de parler à Mme de Clèves lui venait toujours dans l'esprit. Il songea à en trouver les moyens, il pensa à lui écrire ; mais enfin il trouva qu'après la faute qu'il avait faite, et de l'humeur dont elle était, le mieux qu'il pût faire, était de lui témoigner un profond respect par son affliction et par son silence, de lui faire voir même qu'il n'osait se présenter devant elle, et d'attendre ce que le temps, le hasard, et l'inclination qu'elle avait pour lui, pourraient faire en sa faveur. Il résolut aussi de ne point faire de reproches au vidame de Chartres de l'infidélité qu'il lui avait faite, de peur de fortifier ses soupçons.

Les fiançailles de Madame qui se faisaient le lendemain, et le mariage qui se faisait le jour suivant, occupaient tellement toute la Cour que Mme de Clèves, et M. de Nemours cachèrent aisément au public leur tristesse et leur trouble. Madame la Dauphine ne parla même qu'en passant à Mme de Clèves de la conversation qu'elles avaient eue avec M. de Nemours, et M. de Clèves affecta de ne plus parler à sa femme de tout ce qui s'était passé : de sorte qu'elle ne se trouva pas dans un aussi grand embarras qu'elle l'avait imaginé.

Les fiançailles se firent au Louvre, et après le festin et le bal, toute la Maison royale alla coucher à l'Évêché, comme c'était la coutume. Le matin, le duc d'Albe qui n'était jamais vêtu que fort simplement, mit un habit de drap d'or mêlé de couleur de feu, de jaune, et de noir, tout couvert de pierreries, et il avait une couronne fermée sur la tête. Le prince d'Orange habillé aussi magnifiquement avec ses livrées, et tous les Espagnols suivis des leurs, vinrent prendre le duc d'Albe à l'hôtel de Villeroi, où il était logé, et partirent marchant quatre à quatre pour venir à l'Évêché. Sitôt qu'il fut arrivé on alla par ordre à l'Église : le Roi menait Madame qui avait aussi une couronne fermée, et sa robe portée par Mlles de Montpensier et de Longueville. La Reine marchait ensuite ; mais sans couronne. Après elle venaient la reine Dauphine, Madame sœur du Roi, Mme de Lorraine, et la reine de Navarre, leurs robes portées par des Princesses. Les Reines et les Princesses avaient toutes leurs filles magnifiquement habillées des mêmes couleurs qu'elles étaient vêtues : en sorte que l'on connaissait à qui étaient les filles par la couleur de leurs habits. On monta sur l'échafaud qui était préparé dans l'église, et l'on fit la cérémonie des mariages. On retourna ensuite dîner à l'Évêché, et sur les 5 heures on en partit pour aller au Palais, où se faisait le festin, et où le Parlement, les Cours souveraines, et la Maison de Ville étaient priés d'assister. Le Roi, les Reines, les Princes et Princesses mangèrent sur la table de marbre dans la grande salle du Palais, le duc d'Albe assis auprès de la nouvelle reine d'Espagne. Au-dessous des degrés de la table de marbre, et à la main droite du Roi, était une table pour les Ambassadeurs, les Archevêques, et les Chevaliers de l'Ordre, et de l'autre côté une table pour Messieurs du Parlement.

[…] le Roi voulut encore rompre une lance. Il manda au comte de Montgomery qui était extrêmement adroit, qu'il se mît sur la lice.

Le duc de Guise vêtu d'une robe de drap d'orfrisé servait le Roi, de Grand Maître, M. le prince de Condé, de Panetier, et le duc de Nemours, d'Échanson. Après que les tables furent levées, le bal commença, il fut interrompu par des ballets, et par des machines extraordinaires : on le reprit ensuite ; et enfin après minuit, le Roi et toute la Cour s'en retournèrent au Louvre. Quelque triste que fût Mme de Clèves, elle ne laissa pas de paraître aux yeux de tout le monde, et surtout aux yeux de M. de Nemours d'une beauté incomparable. Il n'osa lui parler, quoique l'embarras de cette cérémonie lui en donnât plusieurs moyens ; mais il lui fit voir tant de tristesse, et une crainte si respectueuse de l'approcher qu'elle ne le trouva plus si coupable, quoiqu'il ne lui eût rien dit pour se justifier. Il eut la même conduite les jours suivants, et cette conduite fit aussi le même effet sur le cœur de Mme de Clèves.

Enfin le jour du Tournoi arriva. Les Reines se rendirent dans les galeries, et sur les échafauds qui leur avaient été destinés. Les quatre tenants parurent au bout de la lice, avec une quantité de chevaux et de livrées qui faisaient le plus magnifique spectacle qui eût jamais paru en France.

Le Roi n'avait point d'autres couleurs que le blanc et le noir qu'il portait toujours à cause de Mme de Valentinois qui était veuve. M. de Ferrare et toute sa suite avaient du jaune et du rouge. M. de Guise parut avec de l'incarnat et du blanc : on ne savait d'abord par quelle raison il avait ces couleurs ; mais on se souvint que c'étaient celles d'une belle personne qu'il avait aimée pendant qu'elle était fille, et qu'il aimait encore, quoiqu'il n'osât plus le lui faire paraître. M. de Nemours avait du jaune et du noir ; on en chercha inutilement la raison. Mme de Clèves n'eut pas de peine à la deviner : elle se souvint d'avoir dit devant lui qu'elle aimait le jaune, et qu'elle était fâchée d'être blonde, parce qu'elle n'en pouvait mettre. Ce Prince crut pouvoir paraître avec cette couleur, sans indiscrétion, puisque Mme de Clèves n'en mettant point, on ne pouvait soupçonner que ce fût la sienne.

Jamais on n'a fait voir tant d'adresse que les quatre tenants en firent paraître. Quoique le Roi fût le meilleur homme de Cheval de son Royaume : on ne savait à qui donner l'avantage. M. de Nemours avait un agrément dans toutes ses actions qui pouvait faire pencher en sa faveur

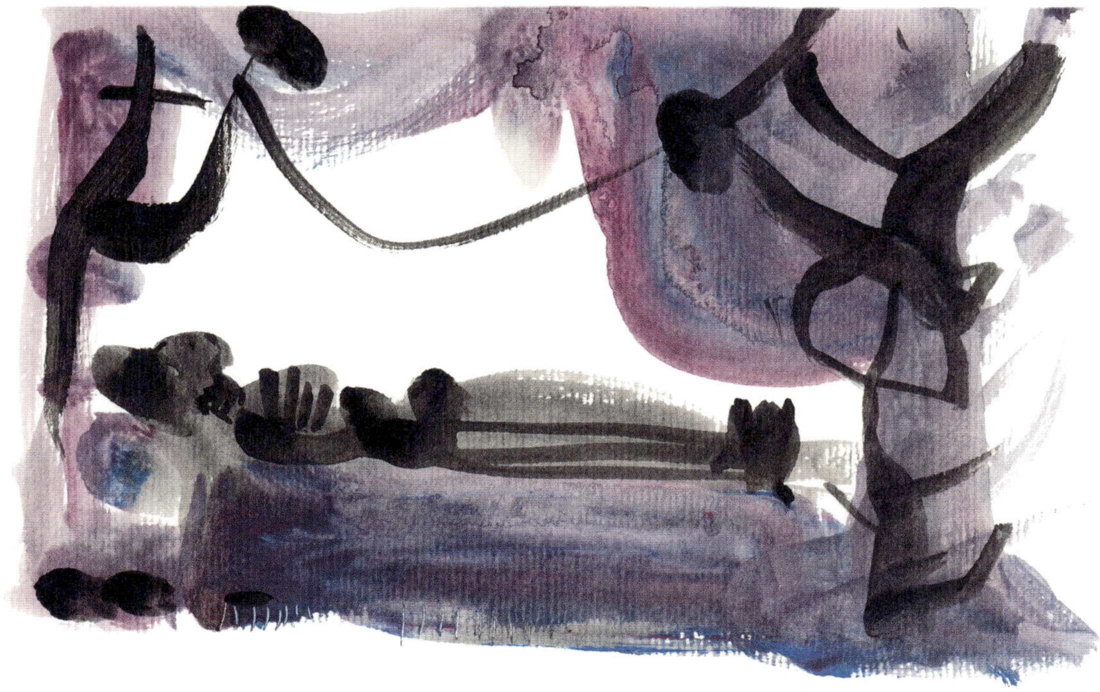

des personnes moins intéressées que Mme de Clèves. Sitôt qu'elle le vit paraître au bout de la lice, elle sentit une émotion extraordinaire, et à toutes les courses de ce Prince, elle avait de la peine à cacher sa joie, lorsqu'il avait heureusement fourni sa carrière.

Sur le soir comme tout était presque fini et que l'on était près de se retirer, le malheur de l'État fit que le Roi voulut encore rompre une lance. Il manda au comte de Montgomery qui était extrêmement adroit, qu'il se mît sur la lice. Le Comte supplia le Roi de l'en dispenser, et allégua toutes les excuses dont il put s'aviser ; mais le Roi quasi en colère, lui fit dire qu'il le voulait absolument. La Reine manda au Roi qu'elle le conjurait de ne plus courir ; qu'il avait si bien fait qu'il devait être content, et qu'elle le suppliait de revenir auprès d'elle. Il répondit que c'était pour l'amour d'elle qu'il allait courir encore et entra dans la barrière. Elle lui renvoya M. de Savoie pour le prier une seconde fois de revenir ; mais tout fut inutile. Il courut ; les lances se brisèrent et un éclat de celle du comte de Montgomery lui donna dans l'œil, et y demeura. Ce Prince tomba du coup, ses Écuyers et M. de Montmorency qui était un des Maréchaux de Camp, coururent à lui. Ils furent étonnés de le voir si blessé ; mais le Roi ne s'étonna point : il dit que c'était peu de chose, et qu'il pardonnait au comte de Montgomery : on peut juger quel trouble et quelle affliction apporta un accident si funeste dans une journée destinée à la joie. Sitôt que l'on eut porté le Roi dans son lit, et que les Chirurgiens eurent visité sa plaie, ils la trouvèrent très considérable. Monsieur le Connétable se souvint dans ce moment de la prédiction que l'on avait faite au Roi, qu'il serait tué dans un combat singulier ; et il ne douta point que la prédiction ne fût accomplie.

Le roi d'Espagne qui était alors à Bruxelles, étant averti de cet accident, envoya son médecin, qui était un homme d'une grande réputation ; mais il jugea le Roi sans espérance.

Une Cour aussi partagée et aussi remplie d'intérêts opposés n'était pas dans une médiocre agitation à la veille d'un si grand événement ; néanmoins tous les mouvements étaient cachés, et l'on ne paraissait occupé que de l'unique inquiétude de la santé du Roi. Les Reines, les Princes et les Princesses ne sortaient presque point de son antichambre.

Mme de Clèves sachant qu'elle était obligée d'y être, qu'elle y verrait M. de Nemours, qu'elle ne pourrait cacher à son mari l'embarras que lui causait cette vue : connaissant aussi que la seule présence de ce Prince le justifiait à ses yeux, et détruisait toutes ses résolutions, prit le parti de feindre d'être malade. La Cour était trop occupée pour avoir de l'attention à sa conduite, et pour démêler si son mal était faux ou véritable. Son mari seul pouvait en connaître la vérité ; mais elle n'était pas fâchée qu'il la connût ; ainsi elle demeura chez elle peu occupée du grand changement qui se préparait ; et remplie de ses propres pensées, elle avait toute la liberté de s'y abandonner. Tout le monde était chez le Roi, M. de Clèves venait à de certaines heures lui en dire des nouvelles. Il conservait avec elle le même procédé qu'il avait toujours eu, hors que quand ils étaient seuls, il y avait quelque chose d'un peu plus froid, et de moins libre. Il ne lui avait point reparlé de tout ce qui s'était passé, et elle n'avait pas

eu la force, et n'avait pas même jugé à propos de reprendre cette conversation.

M. de Nemours qui s'était attendu à trouver quelques moments à parler à Mme de Clèves, fut bien surpris et bien affligé de n'avoir pas seulement le plaisir de la voir. Le mal du Roi se trouva si considérable que le septième jour il fut désespéré des Médecins. Il reçut la certitude de sa mort avec une fermeté extraordinaire, et d'autant plus admirable qu'il perdait la vie par un accident si malheureux, qu'il mourait à la fleur de son âge, heureux, adoré de ses peuples, et aimé d'une maîtresse qu'il aimait éperdument. La veille de sa mort, il fit faire le mariage de Madame sa sœur avec M. de Savoie sans cérémonie. L'on peut juger en quel état était la duchesse de Valentinois. La Reine ne permit point qu'elle vît le Roi, et lui envoya demander les cachets de ce Prince, et les pierreries de la Couronne qu'elle avait en garde. Cette Duchesse s'enquit si le Roi était mort : et comme on lui eut répondu que non :

« Je n'ai donc point encore de maître, répondit-elle, et personne ne peut m'obliger à rendre ce que sa confiance m'a mis entre les mains. »

Sitôt qu'il fut expiré au Château des Tournelles, le duc de Ferrare, le duc de Guise et le duc de Nemours conduisirent au Louvre la Reine Mère, le Roi et la Reine sa femme. M. de Nemours menait la Reine Mère. Comme ils commençaient à marcher, elle se recula de quelques pas, et dit à la Reine sa belle-fille que c'était à elle à passer la première ; mais il fut aisé de voir qu'il y avait plus d'aigreur que de bienséance dans ce compliment.

Le cardinal de Lorraine s'était rendu maître absolu de l'esprit de la Reine Mère ; le vidame de Chartres n'avait plus aucune part dans ses bonnes grâces, et l'amour qu'il avait pour Mme de Martigues, et pour la liberté, l'avait même empêché de sentir cette perte, autant qu'elle méritait d'être sentie. Ce Cardinal pendant les dix jours de la maladie du Roi, avait eu le loisir de former ses desseins, et de faire prendre à la Reine des résolutions conformes à ce qu'il avait projeté ; de sorte que sitôt que le Roi fut mort, la Reine ordonna au Connétable de demeurer aux Tournelles auprès du corps du feu Roi, pour faire les Cérémonies ordinaires. Cette Commission l'éloignait de tout, et lui ôtait la liberté d'agir. Il envoya un Courrier au roi de Navarre pour le faire venir en diligence, afin de s'opposer ensemble à la grande élévation où il voyait que MM. de Guise allaient parvenir. On donna le Commandement des Armées au duc de Guise, et les Finances au cardinal de Lorraine. La duchesse de Valentinois fut chassée de la Cour ; on fit revenir le cardinal de Tournon, ennemi déclaré du Connétable, et le chancelier Olivier, ennemi déclaré de la duchesse de Valentinois : enfin la Cour changea entièrement de face. Le duc de Guise prit le même rang que les Princes du Sang à porter le Manteau du Roi aux cérémonies des Funérailles : lui et ses frères furent entièrement les maîtres, non seulement par le crédit du Cardinal sur l'esprit de la Reine, mais parce que cette Princesse crut qu'elle pourrait les éloigner s'ils lui donnaient de l'ombrage, et qu'elle ne pourrait éloigner le Connétable, qui était appuyé des Princes du Sang.

Lorsque les Cérémonies du deuil furent achevées, le Connétable vint au Louvre, et fut reçu du Roi avec beaucoup de froideur. Il voulut lui parler en particulier, mais le Roi appela MM. de Guise, et lui dit devant eux, qu'il lui conseillait de se reposer; que les Finances et le Commandement des Armées étaient donnés, et que lorsqu'il aurait besoin de ses conseils il l'appellerait auprès de sa personne. Il fut reçu de la Reine Mère encore plus froidement que du Roi, et elle lui fit même des reproches de ce qu'il avait dit au feu Roi, que ses enfants ne lui ressemblaient point. Le roi de Navarre arriva, et ne fut pas mieux reçu : le prince de Condé, moins endurant que son frère, se plaignit hautement; ses plaintes furent inutiles, on l'éloigna de la Cour sous le prétexte de l'envoyer en Flandres signer la ratification de la Paix. On fit voir au roi de Navarre une fausse lettre du roi d'Espagne, qui l'accusait de faire des entreprises sur ses Places; on lui fit craindre pour ses terres; enfin on lui inspira le dessein de s'en aller en Béarn. La Reine lui en fournit un moyen, en lui donnant la conduite de Madame Élisabeth, et l'obligea même à partir devant cette Princesse; et ainsi il ne demeura personne à la Cour qui pût balancer le pouvoir de la Maison de Guise.

Quoique ce fût une chose fâcheuse pour M. de Clèves de ne pas conduire Madame Élisabeth, néanmoins il ne put s'en plaindre par la grandeur de celui qu'on lui préférait; mais il regrettait moins cet emploi par l'honneur qu'il en eût reçu, que parce que c'était une chose qui éloignait sa femme de la Cour, sans qu'il parût qu'il eût dessein de l'en éloigner.

Peu de jours après la mort du Roi, on résolut d'aller à Reims pour le Sacre. Sitôt qu'on parla de ce voyage, Mme de Clèves qui avait toujours demeuré chez elle, feignant d'être malade, pria son mari de trouver bon qu'elle ne suivît point la Cour, et qu'elle s'en allât à Coulommiers prendre l'air et songer à sa santé. Il lui répondit qu'il ne voulait point pénétrer si c'était la raison de sa santé qui l'obligeait à ne pas faire le voyage, mais qu'il consentait qu'elle ne le fît point. Il n'eut pas de peine à consentir à une chose qu'il avait déjà résolue : quelque bonne opinion qu'il eût de la vertu de sa femme, il voyait bien que la prudence ne voulait pas qu'il l'exposât plus longtemps à la vue d'un homme qu'elle aimait.

M. de Nemours sut bientôt que Mme de Clèves ne devait pas suivre la Cour; il ne put se résoudre à partir sans la voir, et la veille du départ il alla chez elle aussi tard que la bienséance le pouvait permettre, afin de la trouver seule. La fortune favorisa son intention. Comme il entra dans la cour, il trouva Mme de Nevers et Mme de Martigues qui en sortaient, et qui lui dirent qu'elles l'avaient laissée seule. Il monta avec une agitation et un trouble, qui ne se peut comparer qu'à celui qu'eut Mme de Clèves, quand on lui dit que M. de Nemours venait pour la voir. La crainte qu'elle eut qu'il ne lui parlât de sa passion, l'appréhension de lui répondre trop favorablement, l'inquiétude que cette visite pouvait donner à son mari, la peine de lui en rendre compte, ou de lui cacher toutes ces choses, se présentèrent en un moment à son esprit, et lui firent un si grand embarras, qu'elle prit la résolution d'éviter la chose du monde qu'elle souhaitait peut-être le plus. Elle envoya une de ses femmes à M. de Nemours, qui était dans son antichambre, pour lui dire qu'elle venait de se trouver mal, et qu'elle était bien fâchée de ne pouvoir recevoir l'honneur qu'il lui voulait faire. Quelle douleur pour ce Prince de ne pas voir Mme de Clèves, et de ne la pas voir parce qu'elle ne voulait pas qu'il la vît ! Il s'en allait le lendemain ; il n'avait plus rien à espérer du hasard : il ne lui avait rien dit depuis cette conversation de chez Madame la Dauphine, et il avait lieu de croire que la faute d'avoir parlé au Vidame, avait détruit toutes ses espérances ; enfin il s'en allait avec tout ce qui peut aigrir une vive douleur.

Sitôt que Mme de Clèves fut un peu remise du trouble que lui avait donné la pensée de la visite de ce Prince, toutes les raisons qui la lui avaient fait refuser disparurent, elle trouva même qu'elle avait fait une faute, et si elle eût osé ou qu'il eût encore été assez à temps, elle l'aurait fait rappeler.

Mmes de Nevers et de Martigues, en sortant de chez elle, allèrent chez la Reine Dauphine, M. de Clèves y était. Cette Princesse leur demanda d'où elles venaient : elles lui dirent qu'elles venaient de chez Mme de Clèves, où elles avaient passé une partie de l'après-dînée avec beaucoup de monde, et qu'elles n'y avaient laissé que M. de Nemours : ces paroles qu'elles croyaient si indifférentes, ne l'étaient pas pour M. de Clèves. Quoiqu'il dût bien s'imaginer que M. de Nemours pouvait trouver souvent des occasions de parler à sa femme, néanmoins la pensée qu'il était chez elle, qu'il y était seul, et qu'il lui pouvait parler de son amour, lui parut dans ce moment une chose si nouvelle et si insupportable, que la jalousie s'alluma dans son cœur avec plus de violence qu'elle n'avait encore fait. Il lui fut impossible de demeurer chez la Reine, il s'en revint ne sachant pas même pourquoi il revenait, et s'il avait dessein d'aller interrompre M. de Nemours. Sitôt qu'il approcha de chez lui, il regarda s'il ne verrait rien qui lui pût faire juger si ce Prince y était encore : il sentit du soulagement en voyant qu'il n'y était plus, et il trouva de la douceur à penser qu'il ne pouvait y avoir demeuré longtemps. Il s'imagina que ce n'était peut-être pas M. de Nemours, dont il devait être jaloux : et, quoiqu'il n'en doutât point, il cherchait à en douter ; mais tant de choses l'en auraient persuadé, qu'il ne demeurait pas longtemps dans cette incertitude qu'il désirait. Il alla d'abord dans la chambre de sa femme, et après lui avoir parlé quelque temps de choses indifférentes, il ne put s'empêcher de lui demander ce qu'elle avait fait, et qui elle avait vu ; elle lui en rendit compte. Comme il vit qu'elle ne lui nommait point M. de Nemours, il lui demanda en tremblant, si c'était tout ce qu'elle avait vu, afin de lui donner lieu de nommer ce Prince, et de n'avoir pas la douleur qu'elle lui en fît une finesse. Comme elle ne l'avait point vu, elle ne le lui nomma point, et M. de Clèves reprenant la parole, avec un ton qui marquait son affliction :

« Et M. de Nemours, lui dit-il, ne l'avez-vous point vu, ou l'avez-vous oublié ?

— Je ne l'ai point vu en effet, répondit-elle, je me trouvais mal, et j'ai envoyé une de mes femmes lui faire des excuses.

— Vous ne vous trouviez donc mal que pour lui, reprit M. de Clèves ; puisque vous avez vu tout le monde, pourquoi des distinctions pour M. de Nemours ? Pourquoi ne vous est-il pas comme un autre ? Pourquoi faut-il que vous craigniez sa vue ? Pourquoi lui laissez-vous voir que vous la craignez ? Pourquoi lui faites-vous connaître que vous vous servez du pouvoir que sa passion vous donne sur lui ? Oseriez-vous refuser de le voir, si vous ne saviez bien qu'il distingue vos rigueurs de l'incivilité ? Mais pourquoi faut-il que vous ayez des rigueurs pour lui ? D'une personne comme vous, madame, tout est des faveurs hors l'indifférence.

— Je ne croyais pas, reprit Mme de Clèves, quelque soupçon que vous ayez sur M. de Nemours, que vous pussiez me faire des reproches de ne l'avoir pas vu.

— Je vous en fais pourtant, madame, répliqua-t-il, et ils sont bien fondés : pourquoi ne le pas voir s'il ne vous a rien dit ? Mais, madame, il vous a parlé ; si son silence seul vous avait témoigné sa passion, elle n'aurait pas fait en vous une si grande impression ; vous n'avez pu me dire la vérité tout entière, vous m'en avez caché la plus grande partie ; vous vous êtes repentie même du peu que vous m'avez avoué ; et vous n'avez pas eu la force de continuer ; je suis plus malheureux que je ne l'ai cru ; et je suis le plus malheureux de tous les hommes. Vous êtes ma femme, je vous aime comme ma maîtresse, et je vous en vois aimer un autre ; cet autre est le plus aimable de la Cour, et il vous voit tous les jours, il sait que vous l'aimez. Eh ! j'ai pu croire, s'écria-t-il, que vous surmonteriez la passion que vous avez pour lui ; il faut que j'aie perdu la raison pour avoir cru qu'il fût possible.

— Je ne sais, reprit tristement Mme de Clèves, si vous avez eu tort de juger favorablement d'un procédé aussi extraordinaire que le mien ; mais je ne sais si je ne me suis trompée, d'avoir cru que vous me feriez justice.

— N'en doutez pas, madame, répliqua M. de Clèves, vous vous êtes trompée, vous avez attendu de moi des choses aussi impossibles, que celles que j'attendais de vous. Comment pouviez-vous espérer que je conservasse de la raison ? Vous aviez donc oublié que je vous aimais éperdument, et que j'étais votre mari ? L'un des deux peut porter aux extrémités, que ne peuvent point les deux ensemble ? Eh ! que ne sont-ils point aussi, continua-t-il, je n'ai que des sentiments violents et incertains dont je ne suis pas le maître. Je ne me trouve plus digne de vous ; vous ne me paraissez plus digne de moi ; je vous adore, je vous hais ; je vous offense, je vous demande pardon ; je vous admire, j'ai honte de vous admirer ; enfin il n'y a plus en moi ni de calme, ni de raison. Je ne sais comment j'ai pu vivre depuis que vous me parlâtes à Coulommiers, et depuis le jour que vous apprîtes de Madame la Dauphine que l'on savait votre aventure. Je ne saurais démêler par où elle a été sue, ni ce qui se

passa entre M. de Nemours et vous sur ce sujet; vous ne me l'expliquerez jamais, et je ne vous demande point de me l'expliquer; je vous demande seulement de vous souvenir que vous m'avez rendu le plus malheureux homme du monde. »

M. de Clèves sortit de chez sa femme après ces paroles, et partit le lendemain sans la voir; mais il lui écrivit une lettre pleine d'affliction, d'honnêteté et de douceur : elle y fit une réponse si touchante et si remplie d'assurance de sa conduite passée, et de celle qu'elle aurait à l'avenir, que comme ses assurances étaient fondées sur la vérité, et que c'était en effet ses sentiments, cette lettre fit de l'impression sur M. de Clèves, et lui donna quelque calme; joint que M. de Nemours allant trouver le Roi aussi bien que lui, il avait le repos de savoir qu'il ne serait pas au même lieu que Mme de Clèves. Toutes les fois que cette Princesse parlait à son mari, la passion qu'il lui témoignait, l'honnêteté de son procédé, l'amitié qu'elle avait pour lui, et ce qu'elle lui devait, faisaient des impressions dans son cœur qui affaiblissaient l'idée de M. de Nemours; mais ce n'était que pour quelque temps; et cette idée revenait bientôt plus vive, et plus présente qu'auparavant.

Les premiers jours du départ de ce Prince, elle ne sentit quasi pas son absence; ensuite elle lui parut cruelle : depuis qu'elle l'aimait, il ne s'était point passé de jour qu'elle n'eût craint, ou espéré de le rencontrer, et elle trouva une grande peine à penser qu'il n'était plus au pouvoir du hasard de faire qu'elle le rencontrât.

Elle s'en alla à Coulommiers ; et en y allant, elle eut soin d'y faire porter de grands Tableaux que M. de Clèves avait fait copier sur des originaux qu'avait fait faire Mme de Valentinois, pour sa belle maison d'Anet. Toutes les actions remarquables qui s'étaient passées du Règne du Roi, étaient dans ces Tableaux. Il y avait entre autres le siège de Metz, et tous ceux qui s'y étaient distingués étaient peints fort ressemblants. M. de Nemours était de ce nombre, et c'était peut-être ce qui avait donné envie à Mme de Clèves d'avoir ces Tableaux.

Mme de Martigues qui n'avait pu partir avec la Cour, lui promit d'aller passer quelques jours à Coulommiers. La faveur de la Reine qu'elles partageaient, ne leur avait point donné d'envie, ni d'éloignement l'une de l'autre ; elles étaient amies sans néanmoins se confier leurs sentiments. Mme de Clèves savait que Mme de Martigues aimait le Vidame ; mais Mme de Martigues ne savait pas que Mme de Clèves aimât M. de Nemours, ni qu'elle en fût aimée. La qualité de nièce du Vidame rendait Mme de Clèves plus chère à Mme de Martigues ; et Mme de Clèves l'aimait aussi comme une personne qui avait une passion aussi bien qu'elle, et qui l'avait pour l'ami intime de son Amant.

Mme de Martigues vint à Coulommiers, comme elle l'avait promis à Mme de Clèves ; elle la trouva dans une vie fort solitaire. Cette Princesse avait même cherché le moyen d'être dans une solitude entière, et de passer les soirs dans les jardins, sans être accompagnée de ses domestiques ; elle venait dans ce pavillon où M. de Nemours l'avait écoutée ; elle entrait dans le Cabinet qui était ouvert sur le jardin. Ses femmes et ses domestiques demeuraient dans l'autre Cabinet, ou sous le pavillon, et ne venaient point à elle qu'elle ne les appelât. Mme de Martigues n'avait jamais vu Coulommiers, elle fut surprise de toutes les beautés qu'elle y trouva ; et surtout de l'agrément de ce pavillon : Mme de Clèves et elle y passaient tous les soirs. La liberté de se trouver seules la nuit dans le plus beau lieu du monde, ne laissait pas finir la conversation entre deux jeunes personnes, qui avaient des passions violentes dans le cœur ; et quoiqu'elles ne s'en fissent point de confidence, elles trouvaient un grand plaisir à se parler. Mme de Martigues aurait eu de la peine à quitter Coulommiers, si en le quittant elle n'eût dû aller dans un lieu où était le Vidame ; elle partit pour aller à Chambord, où la Cour était alors.

Le Sacre avait été fait à Reims par le cardinal de Lorraine, et l'on devait passer le reste de l'Été dans le Château de Chambord, qui était nouvellement bâti. La Reine témoigna une grande joie de revoir Mme de Martigues ; et après lui en avoir donné plusieurs marques, elle lui demanda des nouvelles de Mme de Clèves, et de ce qu'elle faisait à la campagne. M. de Nemours, et M. de Clèves étaient alors chez cette Reine : Mme de Martigues qui avait trouvé Coulommiers admirable, en conta toutes les beautés, et elle s'étendit extrêmement sur la description de ce Pavillon de la Forêt, et sur le plaisir qu'avait Mme de Clèves de s'y promener seule une partie de la nuit. M. de Nemours qui connaissait assez le lieu pour entendre ce qu'en disait Mme de Martigues, pensa qu'il n'était pas impossible qu'il y pût voir Mme de Clèves, sans être vu que d'elle. Il fit quelques questions à Mme de Martigues pour s'en éclaircir encore ; et M. de Clèves qui l'avait toujours regardé pendant que Mme de Martigues avait parlé, crut voir dans ce moment ce qui lui passait dans l'esprit. Les questions que fit ce Prince le confirmèrent encore dans cette pensée ; en sorte qu'il ne douta point qu'il n'eût dessein d'aller voir sa femme. Il ne se trompait pas dans ses soupçons. Ce dessein entra si fortement dans l'esprit de M. de Nemours, qu'après avoir passé la nuit à songer aux moyens de l'exécuter, dès le lendemain matin, il demanda congé au Roi pour aller à Paris, sur quelque prétexte qu'il inventa.

M. de Clèves ne douta point du sujet de ce voyage ; mais il résolut de s'éclaircir de la conduite de sa femme, et de ne pas demeurer dans une cruelle incertitude. Il eut envie de partir en même temps que M. de Nemours, et de venir lui-même caché découvrir quel succès aurait ce voyage ; mais craignant que son départ ne parût extraordinaire, et que M. de Nemours, en étant averti, ne prît d'autres mesures ; il résolut de se fier à un Gentilhomme qui était à lui, dont il connaissait la fidélité et l'esprit : il lui conta dans quel embarras il se trouvait. Il lui dit quelle avait été jusqu'alors la vertu de Mme de Clèves, et lui ordonna de partir sur les pas de M. de Nemours, de l'observer exactement, de voir s'il n'irait point à Coulommiers, et s'il n'entrerait point la nuit dans le jardin.

Le Gentilhomme qui était très capable d'une telle commission, s'en acquitta avec toute l'exactitude imaginable. Il suivit M. de Nemours jusqu'à un Village, à une demi-lieue de Coulommiers, où ce Prince s'arrêta, et le Gentilhomme devina aisément que c'était pour y attendre la nuit. Il ne crut pas à propos de l'y attendre aussi ; il passa le Village et alla dans la Forêt, à l'endroit par où il jugeait que M. de Nemours pouvait passer ; il ne se trompa point dans tout ce qu'il avait pensé. Sitôt que la nuit fut venue, il entendit marcher, et quoiqu'il fît obscur, il reconnut aisément M. de Nemours : il le vit faire le tour du jardin, comme pour écouter s'il n'y entendrait personne, et pour choisir le lieu par où il pourrait passer le plus aisément. Les palissades étaient fort hautes, et il y en avait encore derrière, pour empêcher qu'on ne pût entrer ; en sorte qu'il était assez difficile de se faire passage. M. de Nemours en vint à bout, néanmoins ; sitôt qu'il fut dans ce jardin, il n'eut pas de peine à démêler où était Mme de Clèves ; il vit beaucoup de lumières dans le cabinet, toutes les fenêtres en étaient ouvertes, et en se glissant le long des palissades, il s'en approcha avec un trouble et une émotion qu'il est aisé de se représenter. Il se rangea derrière une des fenêtres, qui servaient de porte pour voir ce que faisait Mme de Clèves. Il vit qu'elle était seule ; mais il la vit d'une si admirable beauté, qu'à peine fut-il maître du transport que lui donna cette vue. Il faisait chaud, et elle n'avait rien sur sa tête et sur sa gorge, que ses cheveux confusément rattachés. Elle était sur un lit de repos avec une table devant elle, où il y avait plusieurs corbeilles pleines de rubans ; elle en choisit quelques-uns, et M. de Nemours remarqua que c'étaient des mêmes couleurs qu'il avait portées au Tournoi. Il vit qu'elle en faisait des nœuds à une canne des Indes fort extraordinaire, qu'il avait portée quelque temps, et qu'il avait donnée à sa sœur, à qui Mme de Clèves l'avait prise, sans faire semblant de la reconnaître, pour avoir été à M. de Nemours. Après qu'elle eut achevé son ouvrage avec une grâce et une douceur que répandaient sur son visage les sentiments qu'elle avait dans le cœur, elle prit un flambeau et s'en alla proche d'une grande table, vis-à-vis du tableau du Siège de Metz, où était le portrait de M. de Nemours ; elle s'assit, et se mit à regarder ce portrait avec une attention et une rêverie, que la passion seule peut donner.

On ne peut exprimer ce que sentit M. de Nemours dans ce moment. Voir au milieu de la nuit, dans le plus beau lieu du monde, une personne qu'il adorait, la voir sans qu'elle sût qu'il la voyait, et la voir tout occupée de choses qui avaient du rapport à lui et à la passion qu'elle lui cachait ; c'est ce qui n'a jamais été goûté ni imaginé par nul autre Amant.

Ce Prince était aussi tellement hors de lui-même, qu'il demeurait immobile à regarder Mme de Clèves, sans songer que les moments lui étaient précieux. Quand il fut un peu remis, il pensa qu'il devait attendre à lui parler qu'elle allât dans le jardin ; il crut qu'il le pourrait faire avec plus de sûreté, parce qu'elle serait plus éloignée de ses femmes ; mais, voyant qu'elle demeurait dans le Cabinet, il prit la résolution d'y entrer. Quand il voulut l'exécuter, quel trouble n'eut-il point ! Quelle crainte de lui déplaire, quelle peur de faire changer ce visage où il y avait tant de douceur, et de le voir devenir plein de sévérité et de colère !

Il trouva qu'il y avait eu de la folie, non pas à venir voir Mme de Clèves sans en être vu, mais à penser de s'en faire voir ; il vit tout ce qu'il n'avait point encore envisagé. Il lui parut de l'extravagance dans sa hardiesse de venir surprendre au milieu de la nuit, une personne à qui il n'avait encore jamais parlé de son amour. Il pensa qu'il ne devait pas prétendre qu'elle le voulût écouter, et qu'elle aurait une juste colère du péril où il l'exposait, par les accidents qui pouvaient arriver. Tout son courage l'abandonna, et il fut prêt plusieurs fois à prendre la résolution de s'en retourner sans se faire voir : poussé néanmoins par le désir de lui parler, et rassuré par les espérances que lui donnait tout ce qu'il avait vu, il avança quelques pas, mais avec tant de trouble, qu'une écharpe qu'il avait, s'embarrassa dans la fenêtre, en sorte qu'il fit du bruit. Mme de Clèves tourna la tête, et soit qu'elle eût l'esprit rempli de ce Prince, ou qu'il fût dans un lieu où la lumière donnait assez pour qu'elle le pût distinguer, elle crut le reconnaître, et sans balancer ni se retourner du côté où il était, elle entra dans le lieu où étaient ses femmes. Elle y entra avec tant de trouble, qu'elle fut contrainte pour le cacher, de dire qu'elle se trouvait mal ; et elle le dit aussi pour occuper tous ses gens, et pour donner le temps à M. de Nemours de se retirer. Quand elle eut fait quelque réflexion, elle pensa qu'elle s'était trompée, et que c'était un effet de son imagination d'avoir cru voir M. de Nemours. Elle savait qu'il était à Chambord, elle ne trouvait nulle apparence qu'il eût entrepris une chose si hasardeuse; elle eut envie plusieurs fois de rentrer dans le Cabinet, et d'aller voir dans le jardin s'il y avait quelqu'un. Peut-être souhaitait-elle autant qu'elle le craignait d'y trouver M. de Nemours : mais enfin la raison et la prudence l'emportèrent sur tous ses autres sentiments, et elle trouva qu'il valait mieux demeurer dans le doute où elle était, que de prendre le hasard de s'en éclaircir. Elle fut longtemps à se résoudre à sortir d'un lieu dont elle pensait que ce Prince était peut-être si proche, et il était quasi jour quand elle revint au Château.

M. de Nemours était demeuré dans le jardin, tant qu'il avait vu de la lumière, il n'avait pu perdre l'espérance de revoir Mme de Clèves, quoiqu'il fût persuadé qu'elle l'avait reconnu, et qu'elle n'était sortie que pour l'éviter : mais voyant qu'on fermait les portes, il jugea bien qu'il n'avait plus rien à espérer. Il vint reprendre son cheval tout proche du lieu où attendait le Gentilhomme de M. de Clèves. Ce Gentilhomme le suivit jusqu'au même Village, d'où il était parti le soir. M. de Nemours se résolut d'y passer tout le jour, afin de retourner la nuit à Coulommiers, pour voir si Mme de Clèves aurait encore la cruauté de le fuir, ou celle de ne se pas exposer à être vue; quoiqu'il eût une joie sensible de l'avoir trouvée si remplie de son idée, il était néanmoins très affligé de lui avoir vu un mouvement si naturel de le fuir.

La passion n'a jamais été si tendre et si violente, qu'elle l'était alors en ce Prince. Il s'en alla sous des saules le long d'un petit ruisseau, qui coulait derrière la maison, où il était caché. Il s'éloigna le plus qu'il lui fut possible, pour n'être vu ni entendu de personne; il s'abandonna aux transports de son amour, et son cœur en fut tellement pressé, qu'il fut contraint de laisser couler quelques larmes; mais ces larmes n'étaient pas de celles que la douleur seule fait répandre, elles étaient mêlées de douceur et de ce charme, qui ne se trouve que dans l'amour.

Il se mit à repasser toutes les actions de Mme de Clèves, depuis qu'il en était amoureux; quelle rigueur honnête et modeste elle avait toujours eue pour lui, quoiqu'elle l'aimât. Car enfin elle m'aime, disait-il, elle m'aime, je n'en saurais douter; les plus grands engagements et les plus

grandes faveurs, ne sont pas des marques si assurées que celles que j'en ai eues : cependant je suis traité avec la même rigueur que si j'étais haï, j'ai espéré au temps, je n'en dois plus rien attendre, je la vois toujours se défendre également contre moi et contre elle-même. Si je n'étais point aimé, je songerais à plaire ; mais je plais, on m'aime, et on me le cache. Que puis-je donc espérer, et quel changement dois-je attendre dans ma destinée ? Quoi ! je serai aimé de la plus aimable personne du monde, et je n'aurai cet excès d'amour que donnent les premières certitudes d'être aimé, que pour mieux sentir la douleur d'être maltraité ! Laissez-moi voir que vous m'aimez, belle Princesse, s'écria-t-il, laissez-moi voir vos sentiments, pourvu que je les connaisse par vous une fois en ma vie, je consens que vous repreniez pour toujours ces rigueurs dont vous m'accabliez. Regardez-moi du moins avec ces mêmes yeux dont je vous ai vue cette nuit regarder mon portrait ; pouvez-vous l'avoir regardé avec tant de douceur, et m'avoir fui moi-même si cruellement ? Que craignez-vous ? Pourquoi mon amour vous est-il si redoutable ? Vous m'aimez, vous me le cachez inutilement ; vous-même m'en avez donné des marques involontaires. Je sais mon bonheur, laissez-m'en jouir, et cessez de me rendre malheureux. Est-il possible, reprenait-il, que je sois aimé de Mme de Clèves, et que je sois malheureux ? Qu'elle était belle cette nuit ! Comment ai-je pu résister à l'envie de me jeter à ses pieds ? Si je l'avais fait, je l'aurais peut-être empêchée de me fuir, mon respect l'aurait rassurée ; mais peut-être elle ne m'a pas reconnu ; je m'afflige plus que je ne dois, et la vue d'un homme à une heure si extraordinaire, l'a effrayée.

Ces mêmes pensées occupèrent tout le jour M. de Nemours ; il attendit la nuit avec impatience ; et quand elle fut venue, il reprit le chemin de Coulommiers. Le Gentilhomme de M. de Clèves qui s'était déguisé afin d'être moins remarqué, le suivit jusqu'au lieu où il l'avait suivi le soir d'auparavant, et le vit entrer dans le même jardin. Ce Prince connut bientôt que Mme de Clèves n'avait pas voulu hasarder qu'il essayât encore de la voir, toutes les portes étaient fermées : il tourna de tous les côtés pour découvrir s'il ne verrait point de lumières ; mais ce fut inutilement.

Mme de Clèves s'étant doutée que M. de Nemours pourrait revenir, était demeurée dans sa chambre ; elle avait appréhendé de n'avoir pas

Qu'elle était
belle cette nuit !
Comment
ai-je pu résister
à l'envie de
me jeter à ses
pieds ?

toujours la force de le fuir, et elle n'avait pas voulu se mettre au hasard de lui parler d'une manière si peu conforme à la conduite qu'elle avait eue jusqu'alors.

Quoique M. de Nemours n'eût aucune espérance de la voir ; il ne put se résoudre à sortir si tôt d'un lieu où elle était si souvent. Il passa la nuit entière dans le jardin, et trouva quelque consolation à voir du moins les mêmes objets qu'elle voyait tous les jours. Le Soleil était levé devant qu'il pensât à se retirer : mais enfin la crainte d'être découvert l'obligea à s'en aller.

Il lui fut impossible de s'éloigner sans voir Mme de Clèves ; et il alla chez Mme de Mercœur qui était alors dans cette maison, qu'elle avait proche de Coulommiers. Elle fut extrêmement surprise de l'arrivée de son frère. Il inventa une cause de son voyage assez vraisemblable pour la tromper ; et enfin il conduisit si habilement son dessein, qu'il l'obligea à lui proposer d'elle-même d'aller chez Mme de Clèves. Cette proposition fut exécutée dès le même jour, et M. de Nemours dit à sa sœur qu'il la quitterait à Coulommiers, pour s'en retourner en diligence trouver le Roi. Il fit ce dessein de la quitter à Coulommiers, dans la pensée de l'en laisser partir la première ; et il crut avoir trouvé un moyen infaillible de parler à Mme de Clèves.

Comme ils arrivèrent, elle se promenait dans une grande allée qui borde le parterre. La vue de M. de Nemours ne lui causa pas un médiocre trouble et ne lui laissa plus douter que ce ne fût lui qu'elle avait vu la nuit précédente : cette certitude lui donna quelque mouvement de colère par la hardiesse et l'imprudence qu'elle trouvait dans ce qu'il avait entrepris. Ce Prince remarqua une impression de froideur sur son visage qui lui donna une sensible douleur. La conversation fut de choses indifférentes ; et néanmoins il trouva l'art d'y faire paraître tant d'esprit, tant de complaisance, et tant d'admiration pour Mme de Clèves, qu'il dissipa malgré elle une partie de la froideur qu'elle avait eue d'abord.

Lorsqu'il se sentit rassuré de sa première crainte, il témoigna une extrême curiosité d'aller voir le pavillon de la Forêt : Il en parla comme du plus agréable lieu du monde ; et en fit même une description si particulière, que Mme de Mercœur lui dit qu'il fallait qu'il y eût été plusieurs fois pour en connaître si bien toutes les beautés.

« Je ne crois pourtant pas, reprit Mme de Clèves, que M. de Nemours y ait jamais entré ; c'est un lieu qui n'est achevé que depuis peu.

— Il n'y a pas longtemps aussi que j'y ai été, reprit M. de Nemours en la regardant, et je ne sais si je ne dois point être bien aise que vous ayez oublié de m'y avoir vu. »

Mme de Mercœur qui regardait la beauté des jardins, n'avait point d'attention à ce que disait son frère. Mme de Clèves rougit, et baissant les yeux, sans regarder M. de Nemours :

« Je ne me souviens point, lui dit-elle, de vous y avoir vu ; et si vous y avez été, c'est sans que je l'aie su.

— Il est vrai, madame, répliqua M. de Nemours, que j'y ai été sans vos ordres, et j'y ai passé les plus doux et les plus cruels moments de ma vie. »

Mme de Clèves entendait trop bien tout ce que disait ce Prince, mais elle n'y répondit point ; elle songea à empêcher Mme de Mercœur d'aller dans ce Cabinet ; parce que le portrait de M. de Nemours y était, et qu'elle ne voulait pas qu'elle l'y vît. Elle fit si bien que le temps se passa insensiblement, et Mme de Mercœur parla de s'en retourner : mais quand Mme de Clèves vit que M. de Nemours et sa sœur ne s'en allaient pas ensemble, elle jugea bien à quoi elle allait être exposée ; elle se trouva dans le même embarras où elle s'était trouvée à Paris, et elle prit aussi le même parti. La crainte que cette visite ne fût encore une confirmation des soupçons qu'avait son mari, ne contribua pas peu à la déterminer ; et pour éviter que M. de Nemours ne demeurât seul avec elle, elle dit à Mme de Mercœur qu'elle l'allait conduire jusques au bord de la forêt, et elle ordonna que son carrosse la suivît. La douleur qu'eut ce Prince de trouver toujours cette même continuation des rigueurs en Mme de Clèves, fut si violente qu'il en pâlit dans le même moment. Mme de Mercœur lui demanda s'il se trouvait mal ; mais il regarda Mme de Clèves, sans que personne s'en aperçût, et il lui fit juger par ses regards qu'il n'avait d'autre mal que son désespoir. Cependant il fallut qu'il les laissât partir sans oser les suivre, et après ce qu'il avait dit, il ne pouvait plus retourner avec sa sœur; ainsi il revint à Paris, et en partit le lendemain.

Le Gentilhomme de M. de Clèves l'avait toujours observé : il revint aussi à Paris, et comme il vit M. de Nemours parti pour Chambord, il prit la poste, afin d'y arriver devant lui, et de rendre compte de son voyage. Son Maître attendait son retour, comme ce qui allait décider du malheur de toute sa vie.

Sitôt qu'il le vit, il jugea par son visage et par son silence, qu'il n'avait que des choses fâcheuses à lui apprendre : il demeura quelque temps saisi d'affliction, la tête baissée sans pouvoir parler; enfin il lui fit signe de la main de se retirer.

« Allez, lui dit-il, je vois ce que vous avez à me dire : mais je n'ai pas la force de l'écouter.

— Je n'ai rien à vous apprendre, lui répondit le Gentilhomme, sur quoi on puisse faire de jugement assuré : il est vrai que M. de Nemours a entré deux nuits de suite dans le jardin de la Forêt, et qu'il a été le jour d'après à Coulommiers avec Mme de Mercœur.

— C'est assez, répliqua M. de Clèves, c'est assez, en lui faisant encore signe de se retirer, et je n'ai pas besoin d'un plus grand éclaircissement. »

Le Gentilhomme fut contraint de laisser son maître abandonné à son désespoir : il n'y en a peut-être jamais eu un plus violent, et peu d'hommes d'un aussi grand courage et d'un cœur aussi passionné que M. de Clèves, ont ressenti en même temps la douleur que cause l'infidélité d'une Maîtresse et la honte d'être trompé par une femme.

M. de Clèves ne put résister à l'accablement où il se trouva. La fièvre lui prit dès la nuit même, et avec de si grands accidents, que dès ce moment sa maladie parut très dangereuse; on en donna avis à Mme de Clèves : elle vint en diligence. Quand elle arriva, il était encore plus mal, elle lui trouva quelque chose de si froid et de si glacé pour elle, qu'elle en fut extrêmement surprise et affligée. Il lui parut même qu'il recevait avec peine les services qu'elle lui rendait; mais enfin elle pensa que c'était peut-être un effet de sa maladie.

D'abord qu'elle fut à Blois, où la Cour était alors, M. de Nemours ne put s'empêcher d'avoir de la joie de savoir qu'elle était dans le même lieu que lui : il essaya de la voir et alla tous les jours chez M. de Clèves, sur le prétexte de savoir de ses nouvelles ; mais ce fut inutilement. Elle ne sortait point de la chambre de son mari, et avait une douleur violente de l'état où elle le voyait. M. de Nemours était désespéré qu'elle fût si affligée, il jugeait aisément combien cette affliction renouvelait l'amitié qu'elle avait pour M. de Clèves, et combien cette amitié faisait une diversion dangereuse à la passion qu'elle avait dans le cœur. Ce sentiment lui donna un chagrin mortel pendant quelque temps ; mais l'extrémité du mal de M. de Clèves lui ouvrit de nouvelles espérances. Il vit que Mme de Clèves serait peut-être en liberté de suivre son inclination, et qu'il pourrait trouver dans l'avenir une suite de bonheur et de plaisirs durables. Il ne pouvait soutenir cette pensée, tant elle lui donnait de trouble et de transports, et il en éloignait son esprit par la crainte de se trouver trop malheureux, s'il venait à perdre ses espérances.

Cependant M. de Clèves était presque abandonné des Médecins. Un des derniers jours de son mal, après avoir passé une nuit très fâcheuse ; il dit sur le matin qu'il voulait reposer. Mme de Clèves demeura seule dans sa chambre ; il lui parut qu'au lieu de reposer, il avait beaucoup d'inquiétude ; elle s'approcha et se vint mettre à genoux devant son lit le visage tout couvert de larmes. M. de Clèves avait résolu de ne lui point témoigner le violent chagrin qu'il avait contre elle ; mais les soins qu'elle lui rendait, et son affliction qui lui paraissait quelquefois véritable, et qu'il regardait aussi quelquefois comme des marques de dissimulation et de perfidie, lui causaient des sentiments si opposés et si douloureux, qu'il ne les put renfermer en lui-même.

« Vous versez bien des pleurs, madame, lui dit-il, pour une mort que vous causez, et qui ne vous peut donner la douleur que vous faites paraître. Je ne suis plus en état de vous faire des reproches, continua-t-il avec une voix affaiblie par la maladie et par la douleur ; mais je meurs du cruel déplaisir que vous m'avez donné. Fallait-il qu'une action aussi extraordinaire que celle que vous aviez faite de me parler à Coulommiers eût si peu de suite ? Pourquoi m'éclairer sur la passion que vous aviez pour M. de Nemours, si votre vertu n'avait pas plus d'étendue pour y résister ? Je vous aimais jusqu'à être bien aise d'être trompé, je l'avoue à ma honte ;

j'ai regretté ce faux repos dont vous m'avez tiré. Que ne me laissiez-vous dans cet aveuglement tranquille dont jouissent tant de maris ? J'eusse, peut-être, ignoré toute ma vie, que vous aimiez M. de Nemours. Je mourrai, ajouta-t-il ; mais sachez que vous me rendez la mort agréable, et qu'après m'avoir ôté l'estime et la tendresse que j'avais pour vous, la vie me ferait horreur. Que ferais-je de la vie, reprit-il, pour la passer avec une personne que j'ai tant aimée, et dont j'ai été si cruellement trompé, ou pour vivre séparé de cette même personne, et en venir à un éclat et à des violences si opposées à mon humeur et à la passion que j'avais pour vous ? Elle a été au-delà de ce que vous en avez vu, madame ; je vous en ai caché la plus grande partie, par la crainte de vous importuner, ou de perdre quelque chose de votre estime, par des manières qui ne convenaient pas à un mari ; enfin je méritais votre cœur ; encore une fois, je meurs sans regret, puisque je n'ai pu l'avoir, et que je ne puis plus le désirer. Adieu, madame, vous regretterez quelque jour un homme qui vous aimait d'une passion véritable et légitime. Vous sentirez le chagrin que trouvent les personnes raisonnables dans ces engagements, et vous connaîtrez la différence d'être aimée comme je vous aimais, à l'être par des gens, qui en vous témoignant de l'amour, ne cherchent que l'honneur de vous séduire. Mais ma mort vous laissera en liberté, ajouta-t-il, et vous pourrez rendre M. de Nemours heureux, sans qu'il vous en coûte des crimes : qu'importe, reprit-il, ce qui arrivera quand je ne serai plus, et faut-il que j'aie la faiblesse d'y jeter les yeux ? »

Mme de Clèves était si éloignée de s'imaginer que son mari pût avoir des soupçons contre elle, qu'elle écouta toutes ces paroles sans les comprendre, et sans avoir d'autre idée, sinon, qu'il lui reprochait son inclination pour M. de Nemours : enfin, sortant tout d'un coup de son aveuglement :

« Moi, des crimes, s'écria-t-elle, la pensée même m'en est inconnue ! La vertu la plus austère ne peut inspirer d'autre conduite que celle que j'ai eue ; et je n'ai jamais fait d'action dont je n'eusse souhaité que vous eussiez été témoin.

— Eussiez-vous souhaité, répliqua M. de Clèves, en la regardant avec dédain, que je l'eusse été des nuits que vous avez passées avec M. de

Nemours ? Ah ! madame, est-ce de vous dont je parle, quand je parle d'une femme qui a passé des nuits avec un homme ?

— Non, monsieur, reprit-elle ; non ce n'est pas de moi dont vous parlez : je n'ai jamais passé ni de nuits, ni de moments avec M. de Nemours. Il ne m'a jamais vue en particulier ; je ne l'ai jamais souffert ni écouté, et j'en ferais tous les serments…

— N'en dites pas davantage, interrompit M. de Clèves, de faux serments, ou un aveu, me feraient peut-être une égale peine. »

Mme de Clèves ne pouvait répondre, ses larmes et sa douleur lui ôtaient la parole : enfin, faisant un effort :

« Regardez-moi du moins ; écoutez-moi, lui dit-elle ; s'il n'y allait que de mon intérêt, je souffrirais ces reproches ; mais il y va de votre vie : écoutez-moi pour l'amour de vous-même : il est impossible qu'avec tant de vérité, je ne vous persuade mon innocence.

— Plût à Dieu que vous me la puissiez persuader ! s'écria-t-il ; mais que me pouvez-vous dire ? M. de Nemours n'a-t-il pas été à Coulommiers avec sa sœur ? Et n'avait-il pas passé les deux nuits précédentes avec vous dans le jardin de la Forêt ?

— Si c'est là mon crime, répliqua-t-elle, il m'est aisé de me justifier : je ne vous demande point de me croire ; mais croyez tous vos domestiques, et sachez si j'allai dans le jardin de la Forêt la veille que M. de Nemours vint à Coulommiers, et si je n'en sortis pas le soir d'auparavant deux heures plus tôt que je n'avais accoutumé. »

Elle lui conta ensuite comme elle avait cru voir quelqu'un dans ce jardin ; elle lui avoua qu'elle avait cru que c'était M. de Nemours. Elle lui parla avec tant d'assurance, et la vérité se persuade si aisément lors même qu'elle n'est pas vraisemblable, que M. de Clèves fut presque convaincu de son innocence.

« Je ne sais, lui dit-il, si je me dois laisser aller à vous croire. Je me sens si proche de la mort que je ne veux rien voir de ce qui me pourrait faire regretter la vie. Vous m'avez éclairci trop tard ; mais ce me sera toujours un soulagement d'emporter la pensée que vous êtes digne de l'estime que j'ai eue pour vous. Je vous prie que je puisse encore avoir la consolation de croire que ma mémoire vous sera chère, et que s'il eût dépendu de

vous, vous eussiez eu pour moi les sentiments que vous avez pour un autre. »

Il voulut continuer ; mais une faiblesse lui ôta la parole. Mme de Clèves fit venir les médecins ; ils le trouvèrent presque sans vie. Il languit néanmoins encore quelques jours, et mourut enfin avec une constance admirable.

Mme de Clèves demeura dans une affliction si violente, qu'elle perdit quasi l'usage de la raison. La Reine la vint voir avec soin, et la mena dans un Couvent, sans qu'elle sût où on la conduisait. Ses belles-sœurs la ramenèrent à Paris, qu'elle n'était pas encore en état de sentir distinctement sa douleur. Quand elle commença d'avoir la force de l'envisager, et qu'elle vit quel mari elle avait perdu, qu'elle considéra qu'elle était la cause de sa mort, et que c'était par la passion qu'elle avait eue pour un autre, qu'elle en était cause, l'horreur qu'elle eut pour elle-même et pour M. de Nemours, ne se peut représenter.

Ce Prince n'osa, dans ces commencements, lui rendre d'autres soins que ceux que lui ordonnait la bienséance. Il connaissait assez Mme de Clèves, pour croire qu'un plus grand empressement lui serait désagréable ; mais ce qu'il apprit ensuite lui fit bien voir qu'il devait avoir longtemps la même conduite.

Un Écuyer qu'il avait, lui conta que le Gentilhomme de M. de Clèves, qui était son ami intime, lui avait dit dans sa douleur de la perte de son maître, que le voyage de M. de Nemours à Coulommiers, était cause de sa mort. M. de Nemours fut extrêmement surpris de ce discours ; mais après y avoir fait réflexion, il devina une partie de la vérité, et il jugea bien quels seraient d'abords les sentiments de Mme de Clèves, et quel éloignement elle aurait de lui, si elle croyait que le mal de son mari eût été causé par la jalousie. Il crut qu'il ne fallait pas même la faire sitôt souvenir de son nom ; et il suivit cette conduite quelque pénible qu'elle lui parût.

Il fit un voyage à Paris, et ne put s'empêcher néanmoins d'aller à sa porte pour apprendre de ses nouvelles. On lui dit que personne ne la voyait, et qu'elle avait même défendu qu'on lui rendît compte de ceux qui l'iraient chercher. Peut-être que ces ordres si exacts étaient donnés en vue de ce Prince, et pour ne point entendre parler de lui. M. de Nemours

était trop amoureux pour pouvoir vivre si absolument privé de la vue de Mme de Clèves : il résolut de trouver des moyens, quelque difficiles qu'ils pussent être, de sortir d'un état qui lui paraissait si insupportable.

La douleur de cette Princesse passait les bornes de la raison ; ce mari mourant, et mourant à cause d'elle et avec tant de tendresse pour elle, ne lui sortait point de l'esprit. Elle repassait incessamment tout ce qu'elle lui devait, et elle se faisait un crime de n'avoir pas eu de la passion pour lui, comme si c'eût été une chose qui eût été en son pouvoir. Elle ne trouvait de consolation qu'à penser qu'elle le regrettait autant qu'il méritait d'être regretté, et qu'elle ne ferait dans le reste de sa vie que ce qu'il aurait été bien aise qu'elle eût fait s'il avait vécu.

Elle avait pensé plusieurs fois comment il avait su que M. de Nemours était venu à Coulommiers ; elle ne soupçonnait pas ce Prince de l'avoir conté, et il lui paraissait même indifférent qu'il l'eût redit, tant elle se croyait guérie et éloignée de la passion qu'elle avait eue pour lui. Elle sentait néanmoins une douleur vive de s'imaginer qu'il était cause de la mort de son mari, et elle se souvenait avec peine de la crainte que M. de Clèves lui avait témoignée en mourant qu'elle ne l'épousât ; mais toutes ces douleurs se confondaient dans celle de la perte de son mari, et elle croyait n'en avoir point d'autre.

Après que plusieurs mois furent passés, elle sortit de cette violente affliction, où elle était, et passa dans un état de tristesse et de langueur. Mme de Martigues fit un voyage à Paris, et la vit avec soin pendant le séjour qu'elle y fit. Elle l'entretint de la Cour et de tout ce qui s'y passait ; et quoique Mme de Clèves ne parût pas y prendre intérêt, Mme de Martigues ne laissait pas de lui en parler pour la divertir.

Elle lui conta des nouvelles du Vidame, de M. de Guise, et de tous les autres qui étaient distingués par leur personne ou par leur mérite.

« Pour M. de Nemours, dit-elle, je ne sais si les affaires ont pris dans son cœur la place de la galanterie ; mais il a bien moins de joie qu'il n'avait accoutumé d'en avoir, il paraît fort retiré du commerce des femmes : il fait souvent des voyages à Paris, et je crois même qu'il y est présentement. »

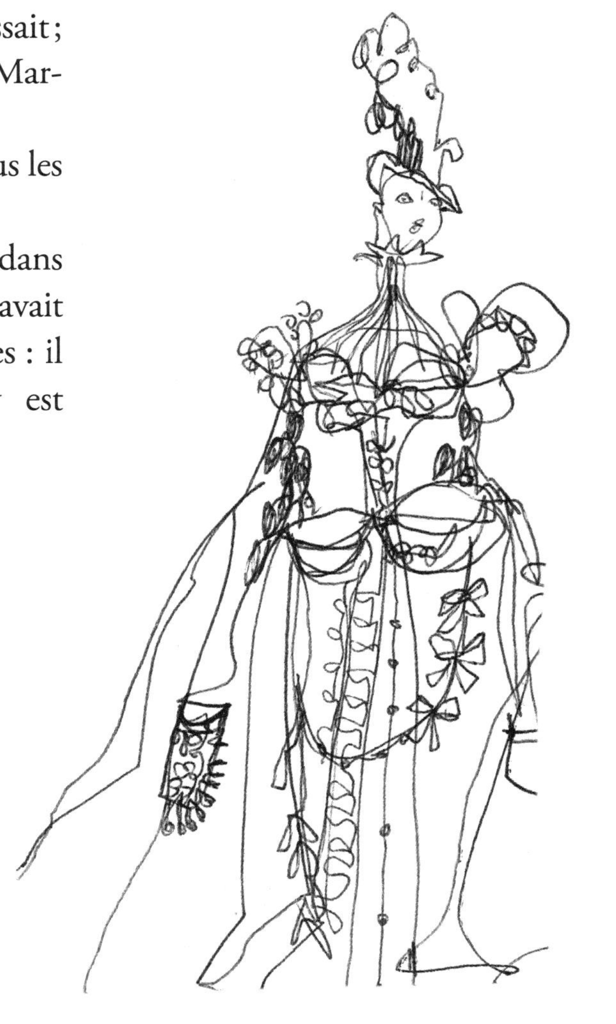

Le nom de M. de Nemours surprit Mme de Clèves, et la fit rougir; elle changea de discours, et Mme de Martigues ne s'aperçut point de son trouble.

Le lendemain cette Princesse, qui cherchait des occupations conformes à l'état où elle était, alla proche de chez elle voir un homme qui faisait des ouvrages de soie d'une façon particulière; et elle y fut dans le dessein d'en faire faire de semblables : après qu'on les lui eut montrés, elle vit la porte d'une chambre où elle crut qu'il y en avait encore, elle dit qu'on la lui ouvrît : le Maître répondit, qu'il n'en avait pas la clef, et qu'elle était occupée par un homme qui y venait quelquefois pendant le jour pour dessiner de belles maisons et des jardins que l'on voyait de ses fenêtres.

« C'est l'homme du monde le mieux fait, ajouta-t-il, il n'a guère la mine d'être réduit à gagner sa vie. Toutes les fois qu'il vient céans, je le vois toujours regarder les maisons et les jardins; mais je ne le vois jamais travailler. »

Mme de Clèves écoutait ce discours avec une grande attention : ce que lui avait dit Mme de Martigues, que M. de Nemours était quelquefois à Paris, se joignit dans son imagination à cet homme bien fait qui venait proche de chez elle, et lui fit une idée de M. de Nemours, et de M. de Nemours appliqué à la voir, qui lui donna un trouble confus, dont elle ne savait pas même la cause. Elle alla vers les fenêtres pour voir où elles donnaient; elle trouva qu'elles voyaient tout son jardin, et la face de son appartement : et lorsqu'elle fut dans sa chambre, elle remarqua aisément cette même fenêtre où l'on lui avait dit que venait cet homme. La pensée que c'était M. de Nemours, changea entièrement la situation de son esprit; elle ne se trouva plus dans un certain triste repos qu'elle commençait à goûter, elle se sentit inquiète et agitée : enfin ne pouvant demeurer avec elle-même, elle sortit et alla prendre l'air dans un jardin hors des Faubourgs, où elle pensait être seule. Elle crut en y arrivant qu'elle ne s'était pas trompée; elle ne vit aucune apparence qu'il y eût quelqu'un, et elle se promena assez longtemps.

Après avoir traversé un petit bois, elle aperçut au bout d'une allée, dans l'endroit le plus reculé du jardin, une manière de Cabinet ouvert de tous côtés, où elle adressa ses pas; comme elle en fut proche, elle vit un

homme couché sur des bancs, qui paraissait enseveli dans une rêverie profonde, et elle reconnut que c'était M. de Nemours. Cette vue l'arrêta tout court ; mais ses gens qui la suivaient firent quelque bruit, qui tira M. de Nemours de sa rêverie. Sans regarder qui avait causé le bruit qu'il avait entendu, il se leva de sa place pour éviter la compagnie qui venait vers lui, et tourna dans une autre allée, en faisant une révérence fort basse, qui l'empêcha même de voir ceux qu'il saluait.

S'il eût su ce qu'il évitait, avec quelle ardeur serait-il retourné sur ses pas ! Mais il continua à suivre l'allée, et Mme de Clèves le vit sortir par une porte de derrière où l'attendait son Carrosse. Quel effet produisit cette vue d'un moment dans le cœur de Mme de Clèves ! Quelle passion endormie se ralluma dans son cœur, et avec quelle violence ! Elle s'alla asseoir dans le même endroit d'où venait de sortir M. de Nemours ; elle y demeura comme accablée. Ce Prince se présenta à son esprit, aimable au-dessus de tout ce qui était au monde, l'aimant depuis longtemps avec une passion pleine de respect et de fidélité, méprisant tout pour elle, respectant même jusqu'à sa douleur, songeant à la voir sans songer à en être vu, quittant la Cour, dont il faisait les délices, pour aller regarder les murailles qui la refermaient, pour venir rêver dans des lieux où il ne pouvait prétendre de la rencontrer ; enfin un homme digne d'être aimé par son seul attachement, et pour qui elle avait une inclination si violente, qu'elle l'aurait aimé, quand il ne l'aurait pas aimée ; mais de plus, un homme d'une qualité élevée et convenable à la sienne. Plus de devoir, plus de vertu qui s'opposassent à ses sentiments, tous les obstacles étaient levés, et il ne restait de leur état passé que la passion de M. de Nemours pour elle, et que celle qu'elle avait pour lui.

Toutes ces idées furent nouvelles à cette Princesse. L'affliction de la mort de M. de Clèves l'avait assez occupée, pour avoir empêché qu'elle n'y eût jeté les yeux. La présence de M. de Nemours les amena en foule dans son esprit ; mais, quand il en eut été pleinement rempli, et qu'elle se souvint aussi que ce même homme, qu'elle regardait comme pouvant l'épouser, était celui qu'elle avait aimé du vivant de son mari, et qui était la cause de sa mort ; que même en mourant il lui avait témoigné de la crainte qu'elle ne l'épousât ; son austère vertu était si blessée de cette

Il fit un voyage à Paris, et ne put s'empêcher néanmoins d'aller à sa porte pour apprendre de ses nouvelles.

imagination, qu'elle ne trouvait guère moins de crime à épouser M. de Nemours, qu'elle en avait trouvé à l'aimer pendant la vie de son mari. Elle s'abandonna à ses réflexions si contraires à son bonheur ; elle les fortifia encore de plusieurs raisons qui regardaient son repos, et les maux qu'elle prévoyait en épousant ce Prince. Enfin après avoir demeuré deux heures dans le lieu où elle était, elle s'en revint chez elle, persuadée qu'elle devait fuir sa vue comme une chose entièrement opposée à son devoir.

Mais cette persuasion qui était un effet de sa raison et de sa vertu, n'entraînait pas son cœur. Il demeurait attaché à M. de Nemours avec une violence qui la mettait dans un état digne de compassion, et qui ne lui laissa plus de repos ; elle passa une des plus cruelles nuits qu'elle eût jamais passées. Le matin, son premier mouvement fut d'aller voir s'il n'y aurait personne à la fenêtre qui donnait chez elle ; elle y alla, elle y vit M. de Nemours. Cette vue la surprit, et elle se retira avec une promptitude qui fit juger à ce Prince qu'il avait été reconnu. Il avait souvent désiré de l'être, depuis que sa passion lui avait fait trouver ces moyens de voir Mme de Clèves ; et lorsqu'il n'espérait pas d'avoir ce plaisir, il allait rêver dans le même jardin où elle l'avait trouvé.

Lassé enfin d'un état si malheureux et si incertain, il résolut de tenter quelque voie d'éclaircir sa destinée. Que veux-je attendre ? disait-il, il y a longtemps que je sais que j'en suis aimé ; elle est libre, elle n'a plus de devoir à m'opposer ; pourquoi me réduire à la voir sans en être vu, et sans lui parler ? Est-il possible que l'Amour m'ait si absolument ôté la raison et la hardiesse, et qu'il m'ait rendu si différent de ce que j'ai été dans les autres passions de ma vie ? J'ai dû respecter la douleur de Mme de Clèves, mais je la respecte trop longtemps, et je lui donne le loisir d'éteindre l'inclination qu'elle a pour moi.

Après ces réflexions, il songea aux moyens dont il devait se servir pour la voir. Il crut qu'il n'y avait plus rien qui l'obligeât à cacher sa passion au vidame de Chartres. Il résolut de lui en parler, et de lui dire le dessein qu'il avait pour sa nièce.

Le Vidame était alors à Paris, tout le monde y était venu donner ordre à son équipage et à ses habits, pour suivre le Roi, qui devait conduire la reine d'Espagne. M. de Nemours alla donc chez le Vidame, et lui fit un aveu sincère de tout ce qu'il lui avait caché jusqu'alors, à la réserve des sentiments de Mme de Clèves, dont il ne voulut pas paraître instruit.

Le Vidame reçut tout ce qu'il lui dit avec beaucoup de joie, et l'assura que sans savoir ses sentiments, il avait souvent pensé, depuis que Mme de Clèves était veuve, qu'elle était la seule personne digne de lui. M. de Nemours le pria de lui donner les moyens de lui parler, et de savoir quelles étaient ses dispositions.

Le Vidame lui proposa de le mener chez elle ; mais M. de Nemours crut qu'elle en serait choquée, parce qu'elle ne voyait encore personne. Ils trouvèrent qu'il fallait que Monsieur le Vidame la priât de venir chez lui, sur quelque prétexte, et que M. de Nemours y vînt par un escalier dérobé, afin de n'être vu de personne. Cela s'exécuta comme ils l'avaient résolu : Mme de Clèves vint, le Vidame l'alla recevoir, et la conduisit dans un grand Cabinet, au bout de son appartement : quelque temps après M. de Nemours entra, comme si le hasard l'eût conduit. Mme de Clèves fut extrêmement surprise de le voir ; elle rougit, et essaya de cacher sa rougeur. Le Vidame parla d'abord de choses différentes, et sortit, supposant qu'il avait quelque ordre à donner. Il dit à Mme de Clèves qu'il la priait de faire les honneurs de chez lui, et qu'il allait rentrer dans un moment.

L'on ne peut exprimer ce que sentirent M. de Nemours et Mme de Clèves, de se trouver seuls et en état de se parler pour la première fois. Ils demeurèrent quelque temps sans rien dire ; enfin M. de Nemours rompant le silence :

« Pardonnerez-vous à M. de Chartres, madame, lui dit-il, de m'avoir donné l'occasion de vous voir, et de vous entretenir, que vous m'avez toujours si cruellement ôtée ?

— Je ne lui dois pas pardonner, répondit-elle, d'avoir oublié l'état où je suis, et à quoi il expose ma réputation. »

En prononçant ces paroles, elle voulut s'en aller ; et M. de Nemours la retenant :

« Ne craignez rien, madame, répliqua-t-il, personne ne sait que je suis ici et aucun hasard n'est à craindre. Écoutez-moi, madame, écoutez-moi, si ce n'est par bonté, que ce soit du moins pour l'amour de vous-même, et pour vous délivrer des extravagances où m'emporterait infailliblement une passion dont je ne suis plus le maître. »

Mme de Clèves céda pour la première fois au penchant qu'elle avait pour M. de Nemours, et le regardant avec des yeux pleins de douceur et de charmes :

« Mais qu'espérez-vous, lui dit-elle, de la complaisance que vous me demandez ? Vous vous repentirez, peut-être, de l'avoir obtenue, et je me repentirai infailliblement de vous l'avoir accordée : vous méritez une destinée plus heureuse que celle que vous avez eue jusques ici, et que celle que vous pouvez trouver à l'avenir, à moins que vous ne la cherchiez ailleurs.

— Moi, madame, lui dit-il, chercher du bonheur ailleurs, et y en a-t-il d'autre, que d'être aimé de vous ? Quoique je ne vous aie jamais parlé, je ne saurais croire, madame, que vous ignoriez ma passion, et que vous ne la connaissiez pour la plus véritable et la plus violente qui sera jamais : à quelle épreuve a-t-elle été par des choses qui vous sont inconnues ? Et à quelle épreuve l'avez-vous mise par vos rigueurs ?

— Puisque vous voulez que je vous parle, et que je m'y résous, répondit Mme de Clèves, en s'asseyant, je le ferai avec une sincérité que vous trouverez malaisément dans les personnes de mon sexe. Je ne vous dirai point que je n'ai pas vu l'attachement que vous avez eu pour moi, peut-être ne me croiriez-vous pas quand je vous le dirais : je vous avoue donc non seulement, que je l'ai vu ; mais que je l'ai vu tel que vous pouvez souhaiter qu'il m'ait paru.

— Et si vous l'avez vu, madame, interrompit-il, est-il possible que vous n'en ayez point été touchée ? Et oserais-je vous demander s'il n'a fait aucune impression dans votre cœur ?

— Vous en avez dû juger par ma conduite, lui répliqua-t-elle ; mais je voudrais bien savoir ce que vous en avez pensé.

— Il faudrait que je fusse dans un état plus heureux pour vous l'oser dire, répondit-il, et ma destinée a trop peu de rapport à ce que je vous dirais. Tout ce que je puis vous apprendre, madame, c'est que j'ai souhaité ardemment que vous n'eussiez pas avoué à M. de Clèves ce que vous me cachiez, et que vous lui eussiez caché ce que vous m'eussiez laissé voir.

— Comment avez-vous pu découvrir, reprit-elle en rougissant, que j'aie avoué quelque chose à M. de Clèves ?

— Je l'ai su par vous-même, madame, répondit-il ; mais pour me pardonner la hardiesse que j'ai eue de vous écouter, souvenez-vous si j'ai abusé de ce que j'ai entendu, si mes espérances en ont augmenté, et si j'ai eu plus de hardiesse à vous parler ? »

Il commença à lui conter comme il avait entendu sa conversation avec M. de Clèves ; mais elle l'interrompit avant qu'il eût achevé.

« Ne m'en dites pas davantage, lui dit-elle, je vois présentement par où vous avez été si bien instruit ; vous ne me le parûtes déjà que trop chez Madame la Dauphine, qui avait su cette aventure par ceux à qui vous l'aviez confiée. »

M. de Nemours lui apprit alors de quelle sorte la chose était arrivée.

« Ne vous excusez point, reprit-elle, il y a longtemps que je vous ai pardonné, sans que vous m'ayez dit de raison ; mais puisque vous avez appris par moi-même ce que j'avais eu dessein de vous cacher toute ma vie, je vous avoue que vous m'avez inspiré des sentiments qui m'étaient inconnus devant que de vous avoir vu, et dont j'avais même si peu d'idée, qu'ils me donnèrent d'abord une surprise qui augmentait encore le trouble, qui les suit toujours. Je vous fais cet aveu avec moins de honte, parce que je le fais dans un temps où je le puis faire sans crime, et que vous avez vu que ma conduite n'a pas été réglée par mes sentiments.

— Croyez-vous, madame, lui dit M. de Nemours, en se jetant à ses genoux, que je n'expire pas à vos pieds de joie et de transport ?

— Je ne vous apprends, lui répondit-elle en souriant, que ce que vous ne saviez déjà que trop.

— Ah ! madame, répliqua-t-il, quelle différence de le savoir par un effet du hasard, ou de l'apprendre par vous-même, et de voir que vous voulez bien que je le sache.

— Il est vrai, lui dit-elle, que je veux bien que vous le sachiez, et que je trouve de la douceur à vous le dire ; je ne sais même si je ne vous le dis point, plus pour l'amour de moi, que pour l'amour de vous. Car enfin cet aveu n'aura point de suite, et je suivrai les règles austères que mon devoir m'impose.

— Vous n'y songez pas, madame, répondit M. de Nemours, il n'y a plus de devoir qui vous lie, vous êtes en liberté ; et si j'osais, je vous dirais même qu'il dépend de vous de faire en sorte que votre devoir vous oblige un jour à conserver les sentiments que vous avez pour moi.

— Mon devoir, répliqua-t-elle, me défend de penser jamais à personne, et moins à vous qu'à qui que ce soit au monde, par des raisons qui vous sont inconnues.

— Elles ne me le sont peut-être pas, madame, reprit-il ; mais ce ne sont point de véritables raisons. Je crois savoir que M. de Clèves m'a cru plus heureux que je n'étais, et qu'il s'est imaginé que vous aviez approuvé des extravagances, que la passion m'a fait entreprendre sans votre aveu.

— Ne parlons point de cette aventure, lui dit-elle, je n'en saurais soutenir la pensée, elle me fait honte, et elle m'est aussi trop douloureuse par les suites qu'elle a eues. Il n'est que trop véritable que vous êtes cause de la mort de M. de Clèves ; les soupçons que lui a donnés votre conduite inconsidérée, lui ont coûté la vie, comme si vous la lui aviez ôtée de vos propres mains. Voyez ce que je devrais faire, si vous en étiez venus ensemble à ces extrémités, et que le même malheur en fût arrivé : je sais bien que ce n'est pas la même chose à l'égard du monde ; mais au mien il n'y a aucune différence, puisque je sais que c'est par vous qu'il est mort, et que c'est à cause de moi.

— Ah ! madame, lui dit M. de Nemours, quel fantôme de devoir opposez-vous à mon bonheur ? Quoi, madame, une pensée vaine et sans fondement vous empêchera de rendre heureux un homme que vous ne haïssez pas ? Quoi, j'aurais pu concevoir l'espérance de passer ma vie avec vous ; ma destinée m'aurait conduit à aimer la plus estimable personne du monde ; j'aurais vu en elle tout ce qui peut faire une adorable Maîtresse ; elle ne m'aurait pas haï, et je n'aurais trouvé dans sa conduite que tout ce qui peut être à désirer dans une femme ? Car enfin, madame, vous êtes peut-être la seule personne en qui ces deux choses se soient jamais trouvées au degré qu'elles sont en vous. Tous ceux qui épousent des Maîtresses dont ils sont aimés, tremblent en les épousant, et regardent avec crainte, par rapport aux autres, la conduite qu'elles ont eue avec eux ; mais en vous, madame, rien n'est à craindre, et on ne trouve que des sujets d'admiration. N'aurais-je envisagé, dis-je, une si grande félicité, que pour vous y voir apporter vous-même des obstacles ? Ah ! madame, vous oubliez que vous m'avez distingué du reste des hommes, ou plutôt vous ne m'en avez jamais distingué : vous vous êtes trompée, et je me suis flatté.

— Vous ne vous êtes point flatté, lui répondit-elle, les raisons de mon devoir ne me paraîtraient peut-être pas si fortes sans cette distinction dont vous vous doutez, et c'est elle qui me fait envisager des malheurs à m'attacher à vous.

— Je n'ai rien à répondre, madame, reprit-il, quand vous me faites voir que vous craignez des malheurs ; mais je vous avoue qu'après tout ce que vous avez bien voulu me dire, je ne m'attendais pas à trouver une si cruelle raison.

— Elle est si peu offensante pour vous, reprit Mme de Clèves, que j'ai même beaucoup de peine à vous l'apprendre.

— Hélas ! madame, répliqua-t-il, que pouvez-vous craindre qui me flatte trop, après ce que vous venez de me dire ?

— Je veux vous parler encore avec la même sincérité que j'ai déjà commencé, reprit-elle, et je vais passer par-dessus toute la retenue et toutes les délicatesses que je devrais avoir dans une première conversation ; mais je vous conjure de m'écouter sans m'interrompre.

« Je crois devoir à votre attachement la faible récompense de ne vous cacher aucun de mes sentiments, et de vous les laisser voir tels qu'ils sont. Ce sera apparemment la seule fois de ma vie que je me donnerai la liberté de vous les faire paraître ; néanmoins je ne saurais vous avouer, sans honte, que la certitude de n'être plus aimée de vous comme je le suis, me paraît un si horrible malheur que quand je n'aurais point des raisons de devoir insurmontables, je doute si je pourrais me résoudre à m'exposer à ce malheur. Je sais que vous êtes libre, que je le suis, et que les choses sont d'une sorte que le public n'aurait peut-être pas sujet de vous blâmer, ni moi non plus, quand nous nous engagerions ensemble pour jamais ; mais les hommes conservent-ils de la passion dans ces engagements éternels ; dois-je espérer un miracle en ma faveur ; et puis-je me mettre en état de voir certainement finir cette passion dont je ferais toute ma félicité ? M. de Clèves était peut-être l'unique homme du monde capable de

Quoi, madame,
une pensée vaine
et sans fondement vous
empêchera de rendre
heureux un homme
que vous ne haïssez pas ?

conserver de l'amour dans le mariage. Ma destinée n'a pas voulu que j'aie pu profiter de ce bonheur, peut-être aussi que sa passion n'avait subsisté que parce qu'il n'en aurait pas trouvé en moi ; mais je n'aurais pas le même moyen de conserver la vôtre : je crois même que les obstacles ont fait votre constance. Vous en avez assez trouvé pour vous animer à vaincre, et mes actions involontaires, ou les choses que le hasard vous a apprises, vous ont donné assez d'espérance pour ne vous pas rebuter.

— Ah ! madame, reprit M. de Nemours, je ne saurais garder le silence que vous m'imposez : vous me faites trop d'injustice, et vous me faites trop voir combien vous êtes éloignée d'être prévenue en ma faveur.

— J'avoue, répondit-elle, que les passions peuvent me conduire ; mais elles ne sauraient m'aveugler ; rien ne me peut empêcher de connaître que vous êtes né avec toutes les dispositions pour la galanterie, et toutes les qualités qui sont propres à y donner des succès heureux : vous avez déjà eu plusieurs passions ; vous en auriez encore ; je ne ferais plus votre bonheur ; je vous verrais pour une autre comme vous auriez été pour moi : j'en aurais une douleur mortelle, et je ne serais pas même assurée de n'avoir point le malheur de la jalousie. Je vous en ai trop dit pour vous cacher que vous me l'avez fait connaître, et que je souffris de si cruelles peines le soir que la Reine me donna cette Lettre de Mme de Thémines, que l'on disait qui s'adressait à vous, qu'il m'en est demeuré une idée qui me fait croire que c'est le plus grand de tous les maux.

« Par vanité ou par goût toutes les femmes souhaitent de vous attacher ; il y en a peu à qui vous ne plaisiez : mon expérience me ferait croire qu'il n'y en a point à qui vous ne puissiez plaire. Je vous croirais toujours amoureux et aimé, et je ne me tromperais pas souvent ; dans cet état néanmoins je n'aurais d'autre parti à prendre que celui de la souffrance ; je ne sais même si j'oserais me plaindre. On fait des reproches à un Amant ; mais en fait-on à un Mari quand on n'a qu'à lui reprocher de n'avoir plus d'amour ? Quand je pourrais m'accoutumer à cette sorte de malheur, pourrais-je m'accoutumer à celui de croire voir toujours M. de Clèves vous accuser de sa mort ? me reprocher de vous avoir aimé ? de vous avoir épousé ? et me faire sentir la différence de son attachement au vôtre ? Il est impossible, continua-t-elle, de passer par-dessus des raisons si fortes : il faut que je demeure dans l'état où je suis, et dans les résolutions que j'ai prises de n'en sortir jamais.

— Hé! croyez-vous le pouvoir, madame? s'écria M. de Nemours. Pensez-vous que vos résolutions tiennent contre un homme qui vous adore, et qui est assez heureux pour vous plaire? Il est plus difficile que vous ne pensez, madame, de résister à ce qui nous plaît, et à ce qui nous aime : vous l'avez fait par une vertu austère, qui n'a presque point d'exemple; mais cette vertu ne s'oppose plus à vos sentiments, et j'espère que vous les suivrez malgré vous.

— Je sais bien qu'il n'y a rien de plus difficile que ce que j'entreprends, répliqua Mme de Clèves; je me défie de mes forces au milieu de mes raisons : ce que je crois devoir à la mémoire de M. de Clèves, serait faible, s'il n'était soutenu par l'intérêt de mon repos; et les raisons de mon repos ont besoin d'être soutenues de celles de mon devoir; mais quoique je me défie de moi-même, je crois que je ne vaincrai jamais mes scrupules, et je n'espère pas aussi de surmonter l'inclination que j'ai pour vous. Elle me rendra malheureuse, et je me priverai de votre vue, quelque violence qu'il m'en coûte. Je vous conjure par tout le pouvoir que j'ai sur vous, de ne chercher aucune occasion de me voir. Je suis dans un état qui me fait des crimes de tout ce qui pourrait être permis dans un autre temps, et la seule bienséance interdit tout commerce entre nous. »

M. de Nemours se jeta à ses pieds, et s'abandonna à tous les divers mouvements dont il était agité; il lui fit voir, et par ses paroles et par ses pleurs, la plus vive et la plus tendre passion dont un cœur ait jamais été touché. Celui de Mme de Clèves n'était pas insensible, et regardant ce Prince avec des yeux un peu grossis par les larmes :

« Pourquoi faut-il, s'écria-t-elle, que je vous puisse accuser de la mort de M. de Clèves? Que n'ai-je commencé à vous connaître depuis que je suis libre, ou pourquoi ne vous ai-je pas connu devant que d'être engagée? Pourquoi la destinée nous sépare-t-elle par un obstacle si invincible?

— Il n'y a point d'obstacle, madame, reprit M. de Nemours; vous seule vous opposez à mon bonheur; vous seule vous imposez une loi que la vertu et la raison ne vous sauraient imposer.

— Il est vrai, répliqua-t-elle, que je sacrifie beaucoup à un devoir, qui ne subsiste que dans mon imagination; attendez ce que le temps pourra faire. M. de Clèves ne fait encore que d'expirer, et cet objet funeste est trop proche, pour me laisser des vues claires et distinctes; ayez cependant le plaisir de vous être fait aimer d'une personne qui n'aurait rien aimé, si elle ne vous avait jamais vu : croyez que les sentiments que j'ai pour vous, seront éternels, et qu'ils subsisteront également, quoi que je fasse. Adieu, lui dit-elle; voici une conversation qui me fait honte : rendez-en compte à Monsieur le Vidame, j'y consens, et je vous en prie. »

Elle sortit, en disant ces paroles, sans que M. de Nemours pût la retenir. Elle trouva Monsieur le Vidame dans la chambre la plus proche : il la vit si troublée, qu'il n'osa lui parler, et il la remit en son carrosse, sans lui rien dire. Il revint trouver M. de Nemours, qui était si plein de joie, de tristesse, d'étonnement, et d'admiration, enfin de tous les sentiments que peut donner une passion pleine de crainte et d'espérance, qu'il n'avait pas l'usage de la raison. Le Vidame fut longtemps à obtenir qu'il lui rendît compte de sa conversation. Il le fit enfin; et M. de Chartres, sans être amoureux, n'eut pas moins d'admiration pour la vertu, l'esprit et le mérite de Mme de Clèves, que M. de Nemours en avait lui-même. Ils examinèrent ce que ce Prince devait espérer de sa destinée; et quelques craintes que son Amour lui pût donner, il demeura d'accord avec Monsieur le Vidame, qu'il était impossible que Mme de Clèves demeurât dans les résolutions où elle était : ils convinrent néanmoins qu'il fallait suivre ses ordres, de crainte que si le public s'apercevait de l'attachement qu'il avait pour elle, elle ne fît des déclarations, et ne prît des engagements vers le monde, qu'elle soutiendrait dans la suite, par la peur qu'on ne crût qu'elle l'eût aimé du vivant de son mari.

M. de Nemours se détermina à suivre le Roi : c'était un voyage, dont il ne pouvait aussi bien se dispenser, et il résolut à s'en aller, sans tenter même de revoir Mme de Clèves, du lieu où il l'avait vue quelquefois. Il pria Monsieur le Vidame de lui parler. Que ne lui dit-il point pour lui dire? Quel nombre infini de raisons pour la persuader de vaincre ses scrupules? Enfin une partie de la nuit était passée devant que M. de Nemours songeât à le laisser en repos.

Mme de Clèves n'était pas en état d'en trouver; ce lui était une chose si nouvelle d'être sortie de cette contrainte, qu'elle s'était imposée, d'avoir souffert pour la première fois de sa vie, qu'on lui dît, qu'on était amoureux d'elle, et d'avoir dit elle-même qu'elle aimait, qu'elle ne se connaissait plus. Elle fut étonnée de ce qu'elle avait fait; elle s'en repentit; elle en eut de la joie; tous ses sentiments étaient pleins de trouble et de passion. Elle examina encore les raisons de son devoir, qui s'opposaient à son bonheur; elle sentit de la douleur de les trouver si fortes, et elle se repentit de les avoir si bien montrées à M. de Nemours. Quoique la pensée de l'épouser lui fût venue dans l'esprit sitôt qu'elle l'avait revu dans ce jardin, elle ne lui avait pas fait la même impression que venait de faire la conversation qu'elle avait eue avec lui, et il y avait des moments où elle avait de la peine à comprendre qu'elle pût être malheureuse en l'épousant : elle eût bien voulu se pouvoir dire qu'elle était mal fondée, et dans ses scrupules du passé, et dans ses craintes de l'avenir. La raison et son devoir lui montraient dans d'autres moments, des choses tout opposées, qui l'emportaient rapidement à la résolution de ne se point remarier, et de ne voir jamais M. de Nemours; mais c'était une résolution bien violente à établir dans un cœur aussi touché que le sien, et aussi nouvellement abandonné aux charmes de l'Amour. Enfin, pour se donner quelque calme, elle pensa qu'il n'était point encore nécessaire qu'elle se fît la violence de prendre des résolutions; la bienséance lui donnait un temps considérable à se déterminer; mais elle résolut de demeurer ferme à n'avoir aucun commerce avec M. de Nemours. Le Vidame la vint voir, et servit ce Prince avec tout l'esprit et l'application imaginables; il ne la put faire changer sur sa conduite, ni sur celle qu'elle avait imposée à M. de Nemours. Elle lui dit que son dessein était de demeurer dans l'état où elle se trouvait; qu'elle connaissait que ce dessein était difficile à exécuter; mais qu'elle espérait d'en avoir la force. Elle lui fit si bien voir à quel point elle était touchée de l'opinion que M. de Nemours avait causé la mort à son mari, et combien elle était persuadée qu'elle ferait une action contre son devoir en l'épousant, que le Vidame craignit qu'il ne fût malaisé de lui ôter cette impression. Il ne dit pas à ce Prince, ce qu'il pensait, et en lui rendant compte de sa conversation, il lui laissa toute l'espérance que la raison doit donner à un homme qui est aimé.

Ils partirent le lendemain, et allèrent joindre le Roi. Monsieur le Vidame écrivit à Mme de Clèves à la prière de M. de Nemours, pour lui parler de ce Prince ; et dans une seconde lettre qui suivit bientôt la première, M. de Nemours y mit quelques lignes de sa main. Mais Mme de Clèves qui ne voulait pas sortir des règles qu'elle s'était imposées, et qui craignait les accidents qui peuvent arriver par les lettres, manda au Vidame qu'elle ne recevrait plus les siennes, s'il continuait à lui parler de M. de Nemours ; et elle lui manda si fortement, que ce Prince le pria même de ne le plus nommer.

La Cour alla conduire la reine d'Espagne jusqu'en Poitou, pendant cette absence Mme de Clèves demeura à elle-même ; et à mesure qu'elle était éloignée de M. de Nemours, et de tout ce qui l'en pouvait faire souvenir, elle rappelait la mémoire de M. de Clèves, qu'elle se faisait un honneur de conserver. Les raisons qu'elle avait de ne point épouser M. de Nemours, lui paraissaient fortes du côté de son devoir, et insurmontables du côté de son repos. La fin de l'amour de ce Prince, et les maux de la jalousie qu'elle croyait infaillibles dans un mariage, lui montraient un malheur certain où elle s'allait jeter ; mais elle voyait aussi qu'elle entreprenait une chose impossible, que de résister en présence au plus aimable homme du monde qu'elle aimait, et dont elle était aimée, et de lui résister sur une chose qui ne choquait ni la vertu ni la bienséance ; elle jugea que l'absence seule, et l'éloignement, pouvaient lui donner quelque force ; elle trouva qu'elle en avait besoin, non seulement pour soutenir la résolution de ne se pas engager, mais même pour se défendre de voir M. de Nemours, et elle résolut de faire un assez long voyage, pour passer tout le temps que la bienséance l'obligeait à vivre dans la retraite. De grandes Terres qu'elle avait vers les Pyrénées lui parurent le lieu le plus propre qu'elle pût choisir : elle partit peu de jours avant que la Cour revînt ; et en partant elle écrivit à Monsieur le Vidame, pour le conjurer que l'on ne songeât point à avoir de ses nouvelles, ni à lui écrire.

M. de Nemours fut affligé de ce voyage, comme un autre l'aurait été de la mort de sa Maîtresse. La pensée d'être privé pour longtemps de la vue de Mme de Clèves, lui était une douleur sensible, et surtout dans un temps où il avait senti le plaisir de la voir, et de la voir touchée de sa passion : cependant il ne pouvait faire autre chose que s'affliger, mais son affliction augmenta considérablement. Mme de Clèves, dont l'esprit avait été si agité, tomba dans une maladie violente sitôt qu'elle fut arrivée chez elle ; cette nouvelle vint à la Cour, M. de Nemours était inconsolable ; sa douleur allait au désespoir et à l'extravagance. Le Vidame eut beaucoup de peine à l'empêcher de faire voir sa passion au public, il en eut beaucoup aussi à le retenir, et à lui ôter le dessein d'aller lui-même apprendre de ses nouvelles. La parenté et l'amitié de Monsieur le Vidame fut un prétexte à y envoyer plusieurs Courriers ; on sut enfin qu'elle était hors de cet extrême péril où elle avait été, mais elle demeura dans une maladie de langueur qui ne laissait guère d'espérance de sa vie.

Cette vue si longue et si prochaine de la mort, fit paraître à Mme de Clèves les choses de cette vie de cet œil si différent dont on les voit dans la santé ; la nécessité de mourir, dont elle se voyait si proche, l'accoutuma à se détacher de toutes choses, et la longueur de sa maladie lui en fit une habitude. Lorsqu'elle revint de cet état, elle trouva néanmoins que M. de Nemours n'était pas effacé de son cœur, mais elle appela à son secours pour se défendre contre lui, toutes les raisons qu'elle croyait avoir pour ne l'épouser jamais. Il se passa un assez grand combat en elle-même ; enfin elle surmonta les restes de cette passion qui était affaiblie par les sentiments que sa maladie lui avait donnés ; les pensées de la mort lui avaient rapproché la mémoire de M. de Clèves. Ce souvenir qui s'accordait à son devoir, s'imprima fortement dans son cœur : les passions et les engagements du monde lui parurent tels qu'ils paraissent aux personnes qui ont des vues plus grandes et plus éloignées : sa santé, qui demeura considérablement affaiblie, lui aida à conserver ces sentiments ; mais comme elle connaissait ce que peuvent les occasions sur les résolutions les plus sages, elle ne voulut pas s'exposer à détruire les siennes, ni revenir dans les lieux où était ce qu'elle avait aimé. Elle se retira sur le prétexte de changer d'air dans une maison religieuse, sans faire paraître un dessein arrêté de renoncer à la Cour.

À la première nouvelle qu'en eut M. de Nemours, il sentit le poids de cette retraite, et il en vit l'importance. Il crut dans ce moment qu'il n'avait plus rien à espérer; la perte de ses espérances ne l'empêcha pas de mettre tout en usage pour faire revenir Mme de Clèves. Il fit écrire la Reine, il fit écrire le Vidame, il l'y fit aller; mais tout fut inutile, le Vidame la vit, elle ne lui dit point qu'elle eût pris de résolution. Il jugea néanmoins qu'elle ne reviendrait jamais. Enfin M. de Nemours y alla lui-même, sur le prétexte d'aller à des bains : elle fut extrêmement troublée et surprise d'apprendre sa venue. Elle lui fit dire par une personne de mérite qu'elle aimait, et qu'elle avait alors auprès d'elle, qu'elle le priait de ne pas trouver étrange si elle ne s'exposait point au péril de le voir, et de détruire par sa présence des sentiments qu'elle devait conserver; qu'elle voulait bien qu'il sût, qu'ayant trouvé que son devoir et son repos s'opposaient au penchant qu'elle avait d'être à lui, les autres choses du monde lui avaient paru si indifférentes, qu'elle y avait renoncé pour jamais; qu'elle ne pensait plus qu'à celles de l'autre vie, et qu'il ne lui restait aucun sentiment que le désir de le voir dans les mêmes dispositions où elle était.

M. de Nemours pensa expirer de douleur en présence de celle qui lui parlait : il la pria vingt fois de retourner à Mme de Clèves, afin de faire en sorte qu'il la vît; mais cette personne lui dit que Mme de Clèves lui avait non seulement défendu de lui aller redire aucune chose de sa part, mais même de lui rendre compte de leur conversation. Il fallut enfin que ce prince repartît, aussi accablé de douleur, que le pouvait être un homme qui perdait toutes sortes d'espérances de revoir jamais une personne qu'il aimait d'une passion la plus violente, la plus naturelle, et la mieux fondée qui ait jamais été. Néanmoins il ne se rebuta point encore, et il fit tout ce qu'il put imaginer de capable de la faire changer de dessein. Enfin des années entières s'étant passées, le temps et l'absence ralentirent sa douleur, et éteignirent sa passion. Mme de Clèves vécut d'une sorte qui ne laissa pas d'apparence qu'elle pût jamais revenir; elle passait une partie de l'année dans cette maison religieuse, et l'autre chez elle, mais dans une retraite et dans des occupations plus saintes que celles des couvents les plus austères; et sa vie, qui fut assez courte, laissa des exemples de vertu inimitables.

FIN

Les exemplaires de tête, dans un emboîtage original, comportent une lithographie de Monsieur Christian Lacroix imprimée sur vélin BFK Rives à l'imprimerie Idem, Paris. Toutes les épreuves sont signées et numérotées :

99 suites de 1 à 99
20 suites d'épreuves d'artiste :
é. a. de I à XX
11 suites hors commerce :
h. c. de 1 à 11

Ce texte intégral de *La Princesse de Clèves* est extrait de *Madame de Lafayette. Œuvres complètes*, Paris, Gallimard, « Bibliothèque de la Pléiade », 2014, p. 327-478.

Cette édition s'achève d'imprimer en septembre 2018 sur papier Tintoretto Neve par l'imprimerie Lego à Vicence.

Imprimé en Italie.

La photogravure a été réalisée à Paris par les Caméléons et la composition du texte par Dominique Guillaumin. La fabrication a été assurée par Amélie Airiau.

La collection est animée par Giovanna Citi-Hebey et Anne Lagarrigue.

1er dépôt légal : octobre 2018
G00900
ISBN : 978-2-07-273849-4
n° d'édition : 321211
n° d'édition : 344490 (tirage de tête)